SIEGFRIED LENZ

Das schönste Fest der Welt

Haussuchung

ZWEI HÖRSPIELE

PHILIPP RECLAM JUN. STUTTGART

INHALT

Universal-Bibliothek Nr. 8585

Gesamtherstellung: Reclam, Ditzingen. Printed in Germany 1987
ISBN 3-15-008585-3

Das schönste Fest der Welt

PERSONEN

Marquis de Serpa, *Gastgeber*

Barbirolli, *sein Diener*

Vincente }
Paolo } *zwei Männer aus dem Dorf*

Olaf Maxwell Oppelsheimer, *amerik. Schriftsteller*

Mrs. Fletcher, *eine Dame aus Chicago*

Barbara, *ein ehrgeiziges Mädchen*

Baron Cockpitt, *ein galanter Ganove*

Herzog von Furley

Herzogin von Furley

Erstsendung vom Nordwestdeutschen Rundfunk Hamburg am 1. Januar 1954

(Hammerschläge, Schleifgeräusche in der Ferne, Außenakustik.)

Paolo *(treu, aber dümmlich).* Wir müssen von der Mauer runter, Vincente. Hier können sie uns sehen.

Vincente *(was man als sympathisch bezeichnet).* Wer soll uns sehen?

Paolo. Die Arbeiter.

Vincente. Die haben mit ihrem Springbrunnen zu tun. Bleib ruhig liegen. Wir müssen erst überlegen, wie wir zum Haus rüberkommen.

Paolo. Weißt du denn überhaupt, ob der Marquis da ist?

Vincente. Er wird schon da sein. Paß auf, Paolo, wir gehen hinter den Büschen entlang, dann über den Weg zur Laube, und von dort kommen wir zur Terrasse. Wenn der Marquis uns erst sieht, kann uns keiner von den Lakaien vertreiben. Also los, komm!

(Sprunggeräusche, Akustikwechsel, Innenraum.)

Marquis de Serpa *(halbwegs burschikos).* Barbirolli, wenn der Regen bleibt, sehe ich schwarz.

Barbirolli *(sehr monoton, servil, ein ehrwürdiges Dienerwesen von stilisierter Umständlichkeit).* Nach meinen letzten Erkundigungen steht für das Fest nichts zu befürchten, Herr Marquis. Über dem westlichen Atlantik ist ein Hoch gemeldet, das die Neigung verrät, zum Wochenende über der Bucht von Setubal zu erscheinen. Ein Tief über Island bewegt sich ordnungsgemäß auf die Sowjetunion zu. Seine Ausläufer streifen dabei die schottische Küste. Die Lufttemperatur –

Marquis. Red doch nicht immer so geschwollen. Das heißt also, das Wetter wird schön? *(Da Barbirolli beleidigt schweigt.)* Entschuldige, wenn ich dir zu nahe getreten bin.

Barbirolli *(verstimmt referierend).* Der Küche wurden 25 zufriedenstellende Kälber geliefert, 14 Spanferkel und 2000 Krebse. Der Geflügelsalat ist hinreichend verführerisch.

Marquis. Hast du schon – im Vorbeigehen – reingehauen?

Barbirolli *(leicht zurechtweisend).* Ich pflege ihn nie vor den Gästen zu probieren.

Marquis. Wie lange bist du eigentlich schon in unserem Haus?

Barbirolli *(monoton, als ob er schon öfter danach gefragt wurde).* 25 Jahre, 4 Monate bei Ihrem seligen Herrn Vater, und 11 Jahre, 9 Monate bei Ihnen, Herr Marquis. Nach den landläufigen Regeln der Mathematik ergibt das eine Endsumme von 37 Jahren und einem Monat.

Marquis. Dann darfst du ab heute *vor* den Gästen probieren.

Barbirolli *(nach abweisendem Räuspern).* Mit der heutigen Morgenpost geruhten die letzten Herrschaften ihre Zusage zu schicken. Es sind dies: Baron Cockpitt, Olaf Maxwell Oppelsheimer, der Herzog von Furley sowie Mrs. Fletcher, Chicago. Alle 912 Einladungen sind damit dankend angenommen und beantwortet.

Marquis. Nur nicht vom Wettergott, Barbirolli. Schade, daß er nicht bestechlich ist. Was machen wir, wenn's Kuhfladen regnet?

Barbirolli *(indigniert, überhört die Frage, fährt statt dessen fort).* Die Posthörner, auf denen zum Empfang geblasen wird, sind eingetroffen, desgleichen 60 Paar weiße Strümpfe für die Lakaien. Der Zirkus Andersen will uns gegen Leihgebühr einen Elefanten vermieten, von dem aus der Herr Marquis seine Gäste zu begrüßen wünschten.
2000 Tabletten gegen Magenverstimmung sind gekauft und liegen bereit.

Marquis. Wo liegen sie bereit?

Barbirolli *(räuspert sich).* Sie werden zu gegebener

Zeit auf kleinen Tischen im Park zu finden sein. – Die künstlichen Schwäne – *(Unterbricht sich plötzlich.)*

M a r q u i s. Was ist mit den künstlichen Schwänen?

B a r b i r o l l i *(etwas leiser, als ob er etwas entdeckt hätte).* Ich stelle anheim, das Jagdgewehr von der Wand zu nehmen. Wenn ich mich recht erinnere, ist es geladen.

M a r q u i s. Wieso? Was ist los?

B a r b i r o l l i. Auf der Terrasse haben sich zwei Männer eingefunden. Sie sehen auf eine Art durchs Fenster, die weder gute Erziehung noch gute Absichten verrät. Beide sind barfuß. Wünschen Sie das Jagdgewehr?

M a r q u i s. Du bist wohl nicht gescheit, Barbirolli. Ich kenne die Männer. Der eine ist Vincente, mein Schwimmlehrer. Hol sie herein!

B a r b i r o l l i *(eisig).* Durch welchen Eingang wünschen Sie die Männer eintreten zu sehen?

M a r q u i s. Durch irgendeine Tür, wenn's geht. Vielleicht bemühst du dich höchstpersönlich, die paar Schritte zu tun und ihnen zu öffnen.

(Schritte, Tür auf.)

B a r b i r o l l i. Da die Tür offen ist, erübrigt es sich, daß ihr eure Gesichter gegen die Scheibe drückt.

M a r q u i s *(aus dem Hintergrund).* Hallo Vincente! Tag, Paolo. Kommt rein! Barbirolli, bring was zu trinken.

B a r b i r o l l i. Die Herren möchten nichts trinken.

M a r q u i s. Woher willst du das wissen? Bring sofort zwei Martini, aber schnell.

V i n c e n t e. Er hat recht, Herr Marquis, wir möchten nichts trinken. Wir gehen sofort wieder.

M a r q u i s. So feierlich? Nun, setzt euch erst mal hin. *(Kleine Pause.)* Barbirolli, mach nicht immer ein Gesicht, als ob es dich juckt. Du kannst gehen, ich bin soweit zufrieden. *(Schritte entfernen sich.)* Nun, was ist los? Warum kommt ihr über die Terrasse geschlichen?

V i n c e n t e. Weil wir nicht gut genug angezogen sind, um von Barbirolli bei Ihnen vorgelassen zu werden.

M a r q u i s. Was gibt's, Vincente?

V i n c e n t e *(zögernd).* Sie wissen, Herr Marquis, daß wir Ihre Freunde sind. Viele im Dorf sind Ihre Freunde. Aber sie werden es nicht mehr sein, wenn das Fest stattfindet.

M a r q u i s. Ja, aber warum denn nicht?

V i n c e n t e. Die Leute im Dorf sind arm, Herr Marquis. Es hat sich herumgesprochen, daß Sie für dieses einzige Fest über eine Million Peseten ausgeben wollen. Miguel war in englischer Gefangenschaft und hat dort rechnen gelernt. Er hat ausgerechnet, daß jede Familie im Dorf sechshundert Peseten bekäme, wenn Sie das Geld verteilten.

M a r q u i s. Ach!?

V i n c e n t e. Wer arm ist, rechnet unruhig, Herr Marquis. In der heutigen Zeit sehen viele Leute im Dorf ein solches Fest als Herausforderung an, als Lästerung. Ihr Herr Vater, Ihr Herr Großvater, alle Ihre Vorfahren haben den Leuten im Dorf geholfen. Sie aber wollen ein Fest feiern, während die Leute hungern. Sie werden nicht erlauben, daß das Fest stattfindet.

M a r q u i s. Die Leute im Dorf, die Leute im Dorf ... und was meint ihr dazu?

V i n c e n t e. Wir werden es auch nicht dulden.

M a r q u i s. So. Ihr auch nicht.

P a o l o. Das stimmt.

V i n c e n t e. Unter Umständen werden wir das Fest mit Gewalt sprengen. Das wollten wir Ihnen vorher sagen, Herr Marquis. Wir sind zu Ihnen gekommen, weil wir Ihre Freunde sind.

M a r q u i s. Die Wetternachrichten lauten entschieden freundlicher als eure Botschaft. *(Pause; überraschend.)* Also gut. Von mir aus versucht, uns zu stören. Ich habe nichts dagegen. Wenn ihr nicht anders könnt – bitte! Schlagt das Fest auseinander. Haut dazwischen wie bei der Thunfischjagd. Ich bin gespannt, ich freue mich sogar darauf.

P a o l o *(irritiert).* Wieso? – Wir wollen doch eigentlich – könnten Sie das Fest nicht absagen, Herr Marquis? So gern sprengen wir es wieder nicht. Wir meinten nur: wenn's gar nicht anders geht.

M a r q u i s. Nein, es geht nicht anders. Absagen kann ich nicht mehr – aber warum auch? Sprengen ist eine hübsche Idee. Solch eine Idee kann sich nur leisten, wer arm ist. Armut ist ein gutes Argument. Über den Zorn der Armut wird sich niemand aufregen. – Zeigt es uns nur, uns müden Snobs, nicht wahr?

V i n c e n t e. Sie meinen das doch nicht im Ernst, Herr Marquis?

M a r q u i s. Völlig im Ernst.

V i n c e n t e. Wir sind doch alte Freunde.

M a r q u i s. Eben. Weil wir alte Freunde sind, darum werdet ihr mir den Gefallen tun.

V i n c e n t e *(etwas ratlos).* Ich glaube, wir müssen jetzt gehen, Paolo. Es tut uns leid, Herr Marquis, aber wenn Sie nicht absagen können –

M a r q u i s. Leider nicht. Meine Gäste sind schon unterwegs. Sie kommen aus Amerika, Australien, Indien, um das Fest nicht zu versäumen. – Ich wünsche euch viel Glück. Und wundert euch nicht zu sehr über die Folgen.

P a o l o. Was für Folgen?

M a r q u i s. Es wird einige Folgen haben, mein lieber Paolo. Ganz natürliche, so wie eben alles seine Folgen hat.

V i n c e n t e. Komm, Paolo. Es tut uns leid, Herr Marquis. Sie sehen uns wieder.

(Pause.)

B a r b i r o l l i *(glücklich referierend).* Da sie freiwillig gegangen sind, kann ich das Jagdgewehr an seinen alten Platz hängen. Ich habe mir erlaubt, es herunterzunehmen. Es hätte Ihnen nichts zustoßen können, Herr Marquis. Der Lauf war während der ganzen Unterhaltung auf die Brust des Mannes gerichtet, der Ihnen zunächst saß.

Marquis. Dann hast du ja auch gehört, was sie wollten.

Barbirolli. Bedaure, nein. Das Zielen nahm meine ganze Aufmerksamkeit in Anspruch.

Marquis. Sie wollen das Fest sprengen –

Barbirolli. Unter diesen Umständen empfiehlt es sich, hinter ihnen herzuschießen. Es wäre vorbeugende Notwehr.

Marquis. Ich kann doch gute alte Freunde nicht erschießen.

Barbirolli. Ihr Herr Vater hätte gewiß nicht gezögert.

Marquis. Dem fiel nichts anderes ein. Aber ich halte den Griff nach dem Gewehr für das Eingeständnis einer diplomatischen Niederlage. Ich sage dir, Barbirolli, sie werden das Fest *nicht* sprengen.

Barbirolli. Darf ich fragen, worauf sich Ihre Gewißheit stützt?

Marquis. Sie können es nicht mehr tun, weil ich sie dazu ermuntert habe. Wem man Mut macht, Barbirolli, dem nimmt man den Mut.

Barbirolli. Ich hoffe, daß diese Art Leute Ihren psychologischen Scharfsinn zu schätzen wissen, Herr Marquis.

Marquis. Eine sehr gewagte Aufforderung, das weiß ich auch. Aber sie wird Erfolg haben.

Barbirolli. Herr Marquis wollen sagen: sie wird hoffentlich *keinen* haben. Aber ob die Ernte erfolgreich war, pflegt sich erst herauszustellen, wenn man gedroschen hat.

Marquis. Barbirolli! Mein Plan ist doch ganz einfach. Stell dir vor, du willst einen Menschen ins Wasser stoßen. Wenn er nun aber zu dir sagt: Bitte sehr! und dreht dir den Rücken zu – fällt es dir dann nicht schwerer?

Barbirolli. Da ich gemeinhin keine Menschen ins Wasser stoße, fehlt mir zu diesem Vergleich die Erfahrung.

Marquis. Ich bin sicher, sie werden das Fest nicht sprengen ... Wenn sie es doch versuchen sollten? ... Was kann ich jetzt noch dagegen tun? ... Die Gäste aus allen Ländern sind doch schon unterwegs. Im Auto, zu Schiff, mit dem Flugzeug: ich kann sie nicht mehr erreichen ...

(Akustikwechsel. Flugzeuggebrumm in der Ferne. New Yorker Flughafenrestaurant.)

Oppelsheimer. Mein liebes Kind, es war wirklich nicht einfach.

Barbara *(aufgeregt)*. Haben Sie noch eine Einladung für mich bekommen, Maxwell? Ja oder nein ...

Oppelsheimer. Ja, ich habe sie bekommen. Aber auf dem schwarzen Markt. Sie kostet zwölfhundert Dollar ...

Was tut man nicht alles, um Sie von der Bühne fernzuhalten, liebes Kind.

Barbara. Ich habe etwas Geld. Achthundert kann ich Ihnen gleich zurückgeben. Den Rest werde ich mir drüben in Europa irgendwie pumpen.

Oppelsheimer. Sie sehen mich in der traurigen Lage, das Geld annehmen zu müssen.

Barbara. Und ich sehe mich in der traurigen Lage, mir eine Einladung zu dem Fest besorgen zu müssen. Meine Mutter wäre bestimmt richtig eingeladen worden.

Oppelsheimer. Allerdings. Aber vergessen Sie nicht, daß Ihre Mutter bis zum letzten Tag eine berühmte Frau war – und eine ebenso berühmte Schauspielerin. Der Gastgeber, der Marquis de Serpa, hat ihretwegen nicht geheiratet. Ich bin sicher, mein liebes Kind, wenn Sie nicht nur den Ehrgeiz, sondern auch das Talent Ihrer Mutter hätten ... dann ...

Barbara. Ach was! Talent! Das Talent kommt mit dem Ruhm! Als meine Mutter so alt war wie ich, konnte sie auch nicht mehr. Sie hat auch einmal angefangen. Warum ist meine Mutter denn so berühmt geworden? Weil sie vieldeutig lächeln und Schmachtfetzen singen konnte, das ist alles.

Oppelsheimer. Das ist sehr viel, meine liebe Barbara. Wenn Vera, ich meine, wenn Ihre Mutter einen Schmachtfetzen sang, fühlte man sich wie ein Verdurstender. Da war mitten in der Wüste die Zisterne der Verheißung ... Wenn Sie singen – Verzeihung – sehe ich nur Luftspiegelungen. Ihr Agent ist auch dieser Meinung. Sie haben zu wenig Sündhaftigkeit, mein Kind. Die vollkommene Sünde lädt uns traurig ein und etwas hinfällig. Bei Ihnen ist zuviel Gesundheit, zuviel Pampelmusensaft.

Barbara. Danke für das Kompliment. Aber davon verstehen Sie nichts. Sie sind ein anderer Jahrgang. Sind Sie mir böse, wenn ich Sie ab heute Väterchen nenne?

Oppelsheimer. Wenn es ohne Verpflichtungen für mich abgeht, habe ich nichts dagegen. Hier ist Ihre Einlaßkarte.

Barbara. Danke. Und hier sind die achthundert Dollar.

Oppelsheimer. Ich glaube, wir fliegen mit dem Stratokreuzer da drüben.

Barbara. Ich weiß.

(Pause.)

Oppelsheimer. Barbara?

Barbara. Hm.

Oppelsheimer. Ich glaube, ich bin es Vera, Ihrer Mama, schuldig, Sie noch einmal zu warnen –

Barbara. Hoffentlich zum letztenmal.

Oppelsheimer. Es ist unvernünftig, daß Sie mit aller Gewalt zu diesem Fest wollen, Barbara. Ich weiß, daß Sie Ihre ganzen Ersparnisse aufs Spiel gesetzt haben. Sie haben sich sogar noch Geld gepumpt. Erlauben Sie, mein Kind, daß ich diese Handlung töricht nenne. Ich vermute, mit welchen Erwartungen Sie dorthin fahren. Ich bin gespannt, was Sie hinterher machen, wenn der Katzenjammer auftritt.

Barbara. Oh, da können Sie unbesorgt sein. Erst einmal möchte ich dabeisein. Dabeisein ist alles. Und dann werde ich zu Ihnen kommen, und Sie werden mir die Hauptrolle in Ihrem nächsten Stück geben. Aus lauter Mitleid. Sie werden es doch tun, Väterchen?

Oppelsheimer. Damit mein Stück mit Ihnen durchfällt? Zweimal, meine Liebe, habe ich mich dazu überreden lassen. Diesmal beißen Sie auf Granit.

Barbara. Zwei Durchfälle können einen Menschen nicht versteinern, Väterchen. Ich mach mir wirklich keine Sorgen, was nach dem Fest kommt. Väterchen wird schon aufpassen.

Oppelsheimer. Väterchen wird Sie verheiraten, meine Teuerste. Und Sie werden sechs Kindern das Leben schenken und sie mit Milch und Pampelmusensaft zu Staatsbürgern machen. Dafür wird Väterchen sorgen. Und wenn Sie auf die Hauptrolle in meinem nächsten Stück verzichten, wird Väterchen sogar die Hochzeit bezahlen. Wenn Sie darauf bestehen, seine Hauptrollen zu ruinieren, hält er die Taschen zu. Überlegen Sie sich's noch, Barbara.

Mrs. Fletcher *(entfernt)*. Maxwell, hallo! Hier bin ich!

Oppelsheimer *(plötzlich mit verändertem Tonfall, aufgeregter, korrekter)*. Sie müssen uns nun allein lassen, Barbara. Mrs. Fletcher gibt den Vorschuß für mein Stück. Sie wäre finanziell beunruhigt, wenn sie uns zusammen sähe. Also, bis später, mein Kind.

Barbara. Kriege ich die Hauptrolle?

Oppelsheimer. Nein.

Barbara. Ich warne Sie, Väterchen.

Oppelsheimer. Wenn Sie uns nicht allein lassen, Barbara, kommt es überhaupt nicht zur Aufführung. Gehn Sie schon vor zum Flugzeug.

Barbara. Soll ich einen Platz für Sie reservieren?

Oppelsheimer. Nein danke. *(Mrs. Fletcher ist auf-*

gekreuzt.) Guten Tag, meine Gnädigste. Wie befinden wir uns?

M r s. F l e t c h e r. Danke, mein lieber Maxwell, die Saison hat mich etwas überanstrengt. Leute mit unseren gesellschaftlichen Verpflichtungen müssen schon fliegen, um mal zu schlafen.

S t i m m e ü b e r L a u t s p r e c h e r *(im Freien).* Pan American Airways announces departure of XC 4 ... Bitte einsteigen zum Flug nach Lissabon ...

(Motorengeräusch, einmal laut, dann ausblenden.)

M r s. F l e t c h e r. Ich hoffe, daß wenigstens das Fest nicht langweilig wird.

O p p e l s h e i m e r. Das ist kaum zu befürchten. Dafür ist die Zeit zu ernst. Die schönsten Feste werden unter dem Schafott gefeiert.

M r s. F l e t c h e r. Sehr originell. Ich habe vor nichts mehr Respekt als vor der Langenweile ...

(Motorengeräusch verschwindet. Im Freien am Bach.)

H e r z o g *(zynisch-elegisch).* Ich bin sehr gespannt.

H e r z o g i n. Ob ein Fisch anbeißt?

H e r z o g. Nein, wie das Fest bei diesem Serpa wird. Welche Anmaßung, bekanntzugeben, es werde das schönste Fest der Welt sein.

H e r z o g i n. Die Idee könnte von dir sein.

H e r z o g. Sie ist von mir. Er hat sie mir nur entwendet.

H e r z o g i n. Ein mißratener Mann. Du willst doch nicht etwa hinfahren? Zumal er dein Feind ist? –

H e r z o g. Gerade weil er mein Feind ist, werde ich es tun. Gute Freunde sind uninteressant, man braucht sie nicht zu besuchen. Bei seinen Feinden hingegen muß man sich ab und zu sehen lassen. Das ist man ihnen schuldig – und der Höflichkeit. Außerdem kann es mißlingen, und dann muß man dabeigewesen sein.

H e r z o g i n. Als Herzog von Furley kannst du dir das eigentlich nicht leisten. Du hast Nebengründe, wie ich dich kenne. Ich gehe wohl kaum in die Irre, wenn ich annehme, daß hinter deiner Reiselust eine Leidenschaft steckt, wie?

H e r z o g. Wer Leidenschaft zeigt, meine Liebe, ist ein Tor oder ein Grobian. Es wäre fatal, wenn man mir das nachsagte. *(Pause.)* Die Fische wollen ja ohnehin nicht anbeißen, also fahre ich.

H e r z o g i n. Warum hängst du eigentlich die Angel ins Wasser? Du würdest doch nicht etwa einen armen Fisch töten? Falls du einen fängst?

H e r z o g. Ich werde keinen fangen, meine Liebe. Das ist so sicher wie der fünfzehnte Autounfall deines Freundes Pembski. Ist er übrigens von seinem vierzehnten wiederhergestellt?

H e r z o g i n. Er ist es. – Dein Entschluß, die Einladung anzunehmen, ist also unwiderruflich?

H e r z o g. Er steht fest. Die einzige Sorge, die ich habe, ist, daß du dich in meiner Abwesenheit langweilen könntest.

H e r z o g i n. Deine Rücksicht ist ohne Beispiel. Wenn deine Vorfahren auch so rücksichtsvoll gewesen wären, hätten sie kaum ein Dorf erobert.

H e r z o g. Ich habe für den Ausgleich gesorgt, indem ich ganze Länder durch Rücksichtnahme verlor. Ich denke, das hebt sich auf, und du läßt meine Vorfahren besser aus dem Spiel.

H e r z o g i n. Aber wenn nun ein großer Fisch anbisse, ein Delphin beispielsweise oder ein Tintenfisch. Fühlst du dich stark genug, es mit einem Tintenfisch aufzunehmen?

H e r z o g. Wenn der Tintenfisch Pembski heißt, durchaus. Ich gehe wahrscheinlich ebensowenig in die Irre, wenn ich annehme, daß du seinetwegen hierbleibst.

H e r z o g i n. Immerhin weißt du mich bei ihm gut aufgehoben. Von dir weiß ich indes nicht, wem du auf diesem Fest zur Seite gehen wirst. Wahrscheinlich wirst du aber deiner Gewohnheit treu bleiben.

H e r z o g. Du meinst: Mrs. Fletcher. Sehr taktvoll,

meine Liebe, den Namen zu umschreiben. Aber du hast recht. Die Damen, die aus den Staaten kommen, haben einiges für sich. Sie betrachten die Liebe als eine Art höherer Chemie ... Da ich nie eine große Leuchte in Chemie war, versuche ich jetzt, ein wenig nachzuholen.

Herzogin. Vielleicht wird man dir eines Tages einen Lehrstuhl anbieten.

Herzog. Ich zöge andere Möbel vor. – Gib inzwischen acht auf Pembskis Autos. Sie sehen so sargähnlich aus.

Herzogin. Das ist sehr reizend von dir. Von seinen vierzehn Autounfällen habe ich nur sechs miterlebt.

Herzog. Wenn es dir recht ist, werde ich nach dem zehnten, an dem du teilnimmst, ein Bankett geben. Es wäre ein origineller Anlaß, was meinst du?

Herzogin. Ich glaube schon.

(Musik, wird lauter, Übergang zu Fanfaren.)

Marquis. Barbirolli! Wo ist denn dieser blöde Elefant?

Barbirolli. Herr Marquis, das Tier wartet an einem Baum und beschäftigt sich eingehend mit den Magnolien. Nach der Menge zu urteilen, die es bereits gefressen hat, scheint es im Zirkus nicht allzu gut gefüttert zu werden.

Marquis. Die Hauptsache, er rennt nicht weg.

Barbirolli *(referierend)*. Die Gäste sind, ausnahmslos kostümiert, auf den drei Terrassen versammelt. Ihre augenblickliche Stimmung wäre als träge Erwartung zu bezeichnen. Zu bemerken ist noch, daß sich ihre Zahl genau um 800 vergrößert hat. Alle haben Einladungen.

Marquis. Wunderbar. Das sind die Karten vom schwarzen Markt. Ich sehe, es steht alles zum besten. Wie findest du mich als Maharadscha, Barbirolli?

Barbirolli. Auf der Terrasse stehen 126 Herren im Kostüm eines Maharadschas. Sie heben sich in keiner Weise von Ihnen ab, Herr Marquis.

Marquis. Gibt es sonst noch etwas?

Barbirolli. Die Streicherkapelle ist im Pavillon am Ufer untergebracht, die Rumba-Kapelle bei den Leuchtfontänen. Bei einem der künstlichen Schwäne für das Ballett steht zu befürchten, daß der Motor nicht anspringt. Falls er sich nicht bewegt, könnte der Schwan von den anderen gerammt werden.

Marquis. Man soll diesen Schwan vorher versenken. Und jetzt geleite mich zu dem Elefanten und gib mir die Leuchtpistole. Ich muß die Gäste begrüßen. *(Kurz eine indische Melodie, parodierend, dann aus der Ferne.)* Meine Damen und Herren, von der Höhe dieses Dickhäuters herab möchte ich den Versuch machen, die Bedeutung dieser außerordentlichen Veranstaltung zu würdigen. Die Creme der Welt hat sich maskiert, um sich ins rechte Licht zu setzen und um sich schließlich zu demaskieren. Wenn die bengalischen Kugeln steigen ...

(Man hört ihn undeutlich weiterreden. Akustikwechsel.)

Paolo *(unterdrückt aus der Höhe, aber nah)*. Vincente! Sie schießen Lichtkugeln. Ich muß vom Baum runter.

Vincente. Bist du da oben schon fertig?

Paolo. Nein, aber sie könnten mich sehen.

Vincente. Erst muß der Lautsprecher fest sein. Rutsch noch mehr hinter den Stamm. Hast du genug Haken?

Paolo. An einem hängt er schon fest genug.

Vincente. Beeil dich, Paolo. Und dreh den Lautsprecher mit dem Loch zum Park.

Paolo. Das weiß ich allein.

(Rasche Hammerschläge, etwas entfernt.)

Marquis. ... und so gibt es keine größere Ehre für mich als Ihr Erscheinen, Ihre Gegenwart. Wie sollte es möglich sein, mit so erlauchten Gästen etwas anderes zu feiern als: das schönste Fest der Welt!

(Böllerschüsse, Musik, Beifall.)

P a o l o. Ich bin fertig. Der hängt jetzt fest. Hast du das Kabel?

V i n c e n t e. Alles klar.

P a o l o. Achtung, ich komm runter.

(Sprunggeräusch.)

V i n c e n t e. Wir müssen noch mal zum Springbrunnen.

P a o l o. Wieso? Da ist alles in Ordnung. Ich habe zwei Zündpatronen unter die wasserspeienden Frösche gelegt.

V i n c e n t e. Wir müssen trotzdem noch mal nachsehen.

P a o l o *(mit gekränktem Berufsstolz)*. Wer ist hier eigentlich der Fachmann, du oder ich? Hm? Wenn ich dir sage . . . Pst! Paß auf, da kommen zwei Gäste.

V i n c e n t e. Kein Wort sagen, auch wenn du angesprochen wirst. Wir tun so, als ob wir dazu gehören. Komm! Und lächeln, Paolo, lächeln. Steck die Zange in die Tasche. Zeig nicht so die Zähne.

P a o l o. Ich zeige, was ich will.

M r s. F l e t c h e r. Schaun Sie doch nur, Herzog, die beiden Herren sind barfuß. Welch eine gute Idee! Kennen Sie die? Ich wünschte, ich könnte auch barfuß gehen. Aber ich muß diese albernen Einlagen tragen. Tragen Sie auch Einlagen, Herzog?

H e r z o g. Ich trug sie in meiner Jugend.

M r s. F l e t c h e r. Kork- oder Gummieinlagen?

H e r z o g. Kork. – Nein, die Herren kenne ich nicht.

M r s. F l e t c h e r. Ich glaube, der eine ist tatsächlich Fürst Sombrinski. Ich lernte ihn in Neapel kennen. Reizend, nur spricht er sehr viel. *(Pause.)*
Guten Abend, mein Fürst. Welch ein gesundes Kostüm.

H e r z o g. Ich erlaube mir, Sie zu beglückwünschen.

V i n c e n t e *(leise zischend)*. Paolo, kein Wort.

M r s. F l e t c h e r. Das ist wirklich eine Überraschung.

H e r z o g. Ihr Kostüm ist täuschend echt.

M r s. F l e t c h e r. Hallo, Fürst Sombrinski, kennen Sie mich nicht mehr?

Herzog. Originell, uns einfach stehenzulassen. Dies Benehmen gehört wohl zur Maske. Sie steuern auf die Tanzfläche zu.

Mrs. Fletcher. Nein, welch ein reizender Einfall vom Fürsten! Und welche Selbstüberwindung muß es ihn kosten, zu schweigen, wo er sonst so geschwätzig ist.

(Pause, Musik kommt näher.)

Paolo. An der Terrasse steht dieser Barbirolli, Vincente. Vor dem müssen wir uns am meisten in acht nehmen.

Vincente. Immer ruhig bleiben, dann passiert nichts.

Paolo *(finster)*. Paß auf. Bleib stehen. Die Sprengpatronen stecken unter den beiden äußeren Brunnenfröschen. Am Hinterschenkel. – He! Wo guckst du hin?

Vincente. Sieh mal das Mädchen da mit dem Burschen. Wie die tanzen.

Paolo *(düster)*. Kann uns doch egal sein.

Vincente *(erregt)*. Der hat Arme wie ein Krake. Hält sie fest wie mit Saugnäpfen. Hast du gesehen? Eben hat er ihr die Kette geklaut.

Paolo. Der Krake?

Vincente. Jetzt hören sie auf ... sie gehen weg ... So ein ... *(Zu den Tanzenden.)* Lassen Sie mich durch!

Paolo. Bleib hier, Vincente! Bist du wahnsinnig? Du verrätst ja alles.

(Tanzmusik etwas lauter.)

Barbara. Sie tanzen wirklich wunderbar.

Cockpitt. Das liegt ausschließlich an der Partnerin. Cockpitt, mein Name, Baron.

Barbara. Sie sind Europäer, nicht wahr?

Cockpitt. Wir stammen direkt von Ludwig dem Kind.

Barbara. Sie sind aber schon hübsch erwachsen.

Cockpitt. Diese Nacht ist wie geschaffen zur Freude.

Barbara. Aber nicht an meinem Hals. Da bin ich kitzlig. Ein reizender Gastgeber, der Marquis. Er war ein guter Freund meiner Mutter. Unter uns: ihretwegen hat er nicht geheiratet.

Cockpitt. Wenn man die Tochter sieht, kann man ihm das nachfühlen.

Barbara. Oh, danke.

(Pause.)

Vincente. Sie da, he! Halten Sie mal an.

Cockpitt. Was erlauben Sie sich!

Barbara. Was fällt Ihnen eigentlich ein!

Vincente. Du bist ganz still, Mädchen. – Nehmen Sie Ihre Polypenarme von der Dame. Könnt' Ihnen so passen, hier im Dunkeln zu verschwinden!

Barbara. Ich rufe um Hilfe.

Cockpitt *(ängstlich)*. Aber nein doch, das ist nicht nötig. Ich werde mit dem Herrn schon einig.

Vincente. So. Geben Sie der Dame sofort die Kette zurück, die Sie ihr eben geklaut haben. Sonst wisch ich Ihnen eine.

Cockpitt *(verächtlich)*. Bitte, wenn Sie darauf bestehen. Ganz billige Imitation.

Barbara. Aber das ist ja – das ist ja gar nicht meine Kette.

Cockpitt. Hören Sie? Und wenn Sie jetzt keinen Frieden geben, hol ich einige Lakaien.

Barbara. Aber wo ist denn wirklich meine Kette geblieben, Baron?

Cockpitt. Mein Herr, Sie verleumden mich. Ich fordere diskret Genugtuung.

Vincente. Die können Sie gleich hier haben.

(Geräusch eines Kinnhakens, Cockpitt röchelt.)

Barbara. Linker Aufwärtshaken. Genau auf den Punkt. Da ist gar nichts zu machen. *(Bewundernd.)* Sind Sie Boxer?

Paolo. Vincente, wenn jetzt der Barbirolli kommt! Los! Weg hier!

Vincente. Muß erst seine Taschen nachsehen.

B a r b a r a. Sie gehören wohl zum Freundeskreis des Marquis. Sorgen Sie hier für Ordnung?

V i n c e n t e. Nur aus Sport... Hier: sehen Sie. Ihre Kette!

B a r b a r a. Oh! Dieser Baron stiehlt. Aber gewiß nur so als Snob. Ich habe Freunde, die stehlen leidenschaftlich gern silberne Aschenbecher als Andenken.

P a o l o. Nee, der kommt mir bekannt vor. Mir ist, mit dem hab ich gesessen.

B a r b a r a *(lacht)*. Ihr Freund hat wirklich Humor. Gesessen!

P a o l o. Wenn Sie über meine Leidenszeit lachen, junge Dame, dann will ich Ihnen mal sagen: Ich hab in Sing-Sing die elektrischen Stühle repariert.

B a r b a r a. Aber Sie sind ja köstlich, mein Lieber. Wo spielen Sie?

P a o l o. Was heißt hier spielen?

B a r b a r a. Theater oder Film? Ich würde gern mal mit Ihnen zusammen auftreten. – Ach – es ist zu komisch – ich muß mich setzen... Ein aufregender Abend. Ich bin ganz schwindlig – Danke, Herr... Wie heißen Sie eigentlich?

V i n c e n t e. Vincente.

B a r b a r a. Schöner Name. Ich heiße Barbara. – Wollen Sie mir nicht die Kette um den Hals legen? Ich kann das allein nicht so gut.

V i n c e n t e. Gern.

B a r b a r a. Oben ist so ein Sicherheitsschloß.

V i n c e n t e. Sie haben schönes Haar, Barbara.

B a r b a r a. Ich weiß. Daran gewöhnt man sich.

V i n c e n t e. Ich würde mich nicht daran gewöhnen.

B a r b a r a. Oh... Ich glaube, ich bin immer noch schwindlig. Darf ich meinen Kopf an Ihre Brust legen? Sie sind so echt tätowiert...

P a o l o. Erst will sie mit mir spielen, dann spielt sie mit dir.

(Cockpitt röchelt.)

Vincente. Kümmer dich um den Leichnam da. Bring ihn fort und leg ihn irgendwo ab.

Paolo. Ja, ›bring ihn fort!‹ ... Du hast gut reden. Und wenn uns Barbirolli sieht, was soll ich dann sagen?

Vincente. Daß er besoffen ist und du ihn stützen mußt.

Paolo. Na ... die Sprengung fängt gut an. Komm, mein Adler. Upp! Aufwärts ...

Cockpitt. Bitte gnä' Fräulein, mein' kleinen Schwächeanfall zu entschuldigen.

Paolo. Gott sei Dank: er ist nicht tot. Mensch, red nicht, komm.

Barbara. Mildernde Umstände, wie?

Vincente. Haben wir die nötig?

Barbara. Wir?

Vincente. Sie und ich.

Barbara. Es ist ja noch gar nichts passiert!

Vincente. Aber es könnte vielleicht ...

(Blende.)

Barbirolli. Paolo! Ich stelle dir anheim, das Fest unauffällig zu verlassen. Sonst müßte ich zu Maßnahmen greifen.

Paolo. Reg dich bloß nicht auf, Barbirolli.

Barbirolli. Arm in Arm mit dem Herrn Baron Cockpitt durch den Park zu wandeln, das ziemt sich für deinesgleichen auch dann nicht, wenn der Herr Baron geruht, unwohl zu sein und der Stützung zu bedürfen.

Paolo. Ich wollte ihn bloß irgendwo flach legen.

Barbirolli. Dieses Haus ist mit geschulter Dienerschaft in genügender Zahl versehen. Du kannst gehen. Und wenn du es nicht allein kannst – hinter mir stehen drei Lakaien. Es steht zu befürchten, daß deine Rippen mit ihren Fäusten Bekanntschaft machen.

Paolo. Eher liegst du im Teich, Barbirolli. Weh dir, wenn mich einer anfaßt.

Barbirolli. Drohungen solch niederer Art... die können mich höchstens veranlassen, dir den Rücken zuzudrehen! Bitte. Ich fürchte mich nicht. Los! Ich wende mich ab und erwarte den Stoß. *(Referierend.)* Nicht wahr: darauf bist du nicht gefaßt? Du kannst es nicht mehr tun, weil ich dich dazu ermuntere. Indem ich dir Mut mache, nehme ich dir den Mut. Tja, Paolo: du siehst... *(Dreht sich um, aber Paolo ist weg.)* Aber wo ist denn Paolo?

Stimme eines Lakaien. Der ging, wie Sie sich umdrehten, weg... da drüben läuft er...

Barbirolli. Und ihr laßt ihn gehen? Trottel!

(Blende, Musik lautstärker verändern oder anderes Orchester.)

Mrs. Fletcher *(im Gespräch mit Furley).* Herzog, ich kenn Ihr Faible für mich. Aber ich kenne auch Ihr Alter.

Herzog. Es gibt Erfahrungen, die im Ernstfall verjüngen, meine Liebe.

Mrs. Fletcher. Sie sind amüsant, Herzog. Ich glaube, ich langweile mich nicht.

Herzog. Sie wissen, ich schätze mich glücklich, Ihnen, wo auch immer...

Mrs. Fletcher. Ah, schauen Sie nur. Der Fürst!

Herzog. Er bricht sich Bahn.

Mrs. Fletcher *(freudig).* Zu mir, der Ausreißer.

Paolo *(atemlos heran).* Nein. Hab gar keine Zeit...

Mrs. Fletcher. Jetzt lasse ich Sie aber nicht mehr los, Fürst Sombrinski. Sehen Sie, Herzog, den Wildfang...? Ganz außer Atem, mein Lieber?... Aber so reden Sie doch endlich! Oder spielen Sie heute abend einen *stummen* Landstreicher?

Barbirolli *(heran).* Madame, im Hinblick auf diesen Herrn halte ich es für unumgänglich, Sie darauf hinzuweisen, daß es Nacht ist.

Mrs. Fletcher. Guter Gott, haben Sie den engagiert, Fürst?

B a r b i r o l l i. In Anbetracht der Lichtverhältnisse erliegt man zu leicht einer Sinnestäuschung.

M r s. F l e t c h e r. Herzog, verstehen Sie die Domestiken hier? Ich nicht. – Fürst, Sie haben sich gar nicht verändert, seit ... Neapel. Wie lange ist das eigentlich her? Vier Jahre? Ich wünschte, es wäre damals ... Ah, da kommen die Diener mit den Platten ... Bitte, Fürst, Krebse und Geflügelsalat.

P a o l o. Hab tüchtigen Kohldampf. *(Ißt.)*

M r s. F l e t c h e r. Sind Sie aber heut originell! Mit den Fingern! Quelle idée! Und Stimme und Benehmen völlig dem Kostüm angeglichen. Das nenne ich eine vollkommene Verwandlung.

B a r b i r o l l i. Eine vollkommene Verwechslung, gnädige Frau.

M r s. F l e t c h e r. Herzog, seien Sie doch so lieb und nehmen Sie sich dieses Domestiken an, der mir immer ins Wort fällt, ja? Der Fürst ist heut so rührend hilflos.

H e r z o g. Ihr Wunsch ist mir leider Befehl. Kommen Sie mit.

B a r b i r o l l i. Erlaucht werden gestatten ... daß ich erkläre ... Es ist mir ein Rätsel ...

H e r z o g. Mir keineswegs.

(Beide ab.)

M r s. F l e t c h e r. Bester, jetzt ist das Publikum weg, du kannst dich ungezwungen benehmen. Gib mir von der getrüffelten Pastete, ja. Nur nicht zuviel.

P a o l o. Pastete? Ist ja alles Fisselkram. Ich halt mich lieber an Spanferkel. *(Beginnt zu essen, dabei kommt ihm Mut.)* Möchtest du nicht auch Ferkel? Da hat man, was man hat.

M r s. F l e t c h e r. Gott, bist du originell ordinär heute nacht. Darf ich dir ein Besteck geben?

P a o l o. Nee, behalt man, mit den Fingern geht's besser.

M r s. F l e t c h e r. Deine Arme sind noch kräftiger geworden, spielst du immer noch so viel Tennis?

P a o l o. Nee. Ich ruder nur zehn Stunden am Tag.

M r s. F l e t c h e r. Welche Energie!

P a o l o *(gießt ein).* Hab ich. Was ich will, kriege ich.

M r s. F l e t c h e r. Prost, mein Lieber. Dein Toast klingt wirklich verheißungsvoll.

(Lachen verklingt.)

(Akustikwechsel.)

M a r q u i s. Barbirolli, was willst du schon wieder mit dem Gewehr? Laß es hängen.

B a r b i r o l l i. Ich beabsichtige, es lediglich zu einem natürlichen Zweck zu benutzen, Herr Marquis.

M a r q u i s. Red doch nicht so geschraubt. Was ist denn schon wieder los?

B a r b i r o l l i. Herr Marquis: Sie haben Ihre beiden alten Freunde aufgefordert, das Fest zu stören. Sie glaubten, ihnen den Mut zu nehmen, indem Sie ihnen Mut machten. Nun sind die beiden im Park. Barfuß, so wie sie gemeinhin im Dorf herumlaufen.

M a r q u i s. Halten sie sich versteckt?

B a r b i r o l l i. Wenn sie sich versteckt hielten, wäre es ein leichtes gewesen, sie unbemerkt über die Mauer zu werfen. Unter den gegebenen Umständen ist es unmöglich. Mit dem einen beliebt eine Dame Wange an Wange zu kosen. Der andere läßt sich ungeheuerlicherweise als Fürst titulieren und sättigt sich am Hauptbuffet auf eine Art, daß einige Gäste das Fest mit leerem Magen verlassen dürften.

M a r q u i s. Was ist zu tun?

B a r b i r o l l i. Während des Feuerwerks böte sich die letzte Gelegenheit, die beiden Fremdkörper ihren Damen diskret wegzuschießen. Ich stelle anheim.

M a r q u i s *(lachend).* Barbirolli! Sei froh, daß die beiden sich zeigen. Und daß sie essen und tanzen, ist ein gutes Zeichen. Mit vollem Bauch macht man keine Revolutionen.

B a r b i r o l l i. Ich bitte zu bedenken, daß das Volumen dieser Bäuche besonders groß ist. Es ist schwer abzusehen, ob bei diesen beiden jener Sättigungsgrad, der revolutionäre Absichten mildern könnte, nicht zu spät eintritt.

M a r q u i s. Ich weiß, du bist eine treue Haut, Barbirolli. Aber du wirst sehen: je mehr sich die beiden hier zu Hause fühlen, desto kleiner wird die Gefahr, daß sie etwas anstiften.

B a r b i r o l l i. So hänge ich denn das Jagdgewehr auf Ihr Geheiß an seinen Platz, Herr Marquis. Dessenungeachtet werde ich mir erlauben, Vorsichtsmaßnahmen im verborgenen zu treffen.

M a r q u i s. Gut, Barbirolli, aber triff nicht mehr als Maßnahmen – hörst du?

(Pause, Musik. Lange Blende.)

O p p e l s h e i m e r *(elegisch)*. Ich sehe, man amüsiert sich. Dein Fest konnte auch nicht mißlingen, mein Lieber. Dafür sind die Zeiten zu ernst. Wir feiern unseren Untergang, alle, die wir hier sind. Alle amüsieren sich auf Kosten der Katastrophe. Bis auf zwei.

M a r q u i s. Du meinst ...

O p p e l s h e i m e r. ... die beiden, die das Fest sprengen wollen. Und genaugenommen haben sie das Fest schon gesprengt.

M a r q u i s. Wieso? Es tanzt doch alles.

O p p e l s h e i m e r. Dadurch, daß sie da sind. Sie gehören zu denen, die *nach* uns feiern werden. Unser Abend wird ihr Morgen sein. Was ich hier sehe, mein Freund, hat die reizvolle Eigenart, Totenschmaus und Geburtstagsfeier in einem zu sein. Prost!

M a r q u i s. Wir wollen abwarten. Ich habe immerhin einiges vorbeugend getan.

O p p e l s h e i m e r. Dann könntest du auch noch etwas für mich tun. Weißt du, wer alles hier ist?

M a r q u i s. Barbirolli wird es wissen. Es sind ja beinahe zweitausend hier. Hast du was mitgebracht?

O p p e l s h e i m e r. Du wirst staunen. Barbara ist da!

M a r q u i s. Ihre Tochter?

Oppelsheimer. Genau. Und ich wollte dich bitten, sie ein paar Tage an die Kette zu legen.

Marquis. Damit sie nicht die Hauptrolle in deinem Stück bekommt?

Oppelsheimer. So ist es. Ich weiß genau, daß ich sie ihr geben würde. Neuerdings nennt sie mich Väterchen. Das klingt so, daß ich nicht widerstehen könnte.

Marquis. Ich sehe ein, daß dich solch ein Wort widerstandslos macht. Aber in diesem Fall betrifft es mich mehr als dich. Weiß sie etwas?

Oppelsheimer. Woher soll sie es wissen?

Marquis. Und wenn sie eines Tages auch zu mir Väterchen sagt? Es könnte doch sein, wenn ich sie längere Zeit hierbehalte.

Oppelsheimer. Ehre, wem Ehre gebührt. Vielleicht weckt sie neue Gefühle in dir.

Marquis. Bevor du zynisch wirst, möchte ich dich fragen, wo sie steckt.

Oppelsheimer. Sie wird im Park sein und versuchen, Karriere zu machen. Sie rechnet offenbar damit, daß solch ein Fest das Talent ersetzt.

(Pause, Musik wird lauter, dann leiser.)

Marquis. Siehst du das Mädchen?

Oppelsheimer. Dein Springbrunnen nimmt mir leider die Sicht. Aber ich finde ihn sehr apart. Sechzehn kalbsgroße Frösche, die mit einem Wasserstrahl auf den Leib einer Chinesin zielen. Dein Geschmack wird immer raffinierter. Sind die Frösche aus Gips?

Marquis. Aus Zement. Das solltest du sehen. Aber ich habe sie nicht meinetwegen aufgestellt, sondern wegen der Leute. Der Earl von Plumsburry will das in seinem Garten nachahmen. Seine Frösche sollen sogar noch etwas größer werden.

Oppelsheimer. Erstaunlich, wirklich. Wenn das Beispiel noch mehr Schule macht, wird auch das Jüngste Gericht vor Gipsfröschen tagen.

Marquis. Sie sind aus Zement! – Aber wo ist sie denn?

Oppelsheimer. Ich sehe, sie tanzt.

Marquis. Welche, die kleine Dicke?

Oppelsheimer. Hättest du mehr väterliche Erfahrungen, dann müßte dir dein Instinkt sagen, daß Barbara nicht klein und dick sein kann. Der Pampelmusensaft, mein Lieber, hat sie in die Länge getrieben. Da – die Blonde mit der engen Taille ist es. – Ich glaube, das Mädchen ist schon auf dem besten Wege, Karriere zu machen. Schau nur, wie die beiden tanzen. Ein hübscher Junge. Sag mal, der ist doch barfuß, nicht wahr? Oder irre ich mich?

Marquis. Und dem, meinst du, soll ich sie jetzt ausspannen? Das ist völlig unmöglich.

Oppelsheimer. Es ist anzunehmen, daß er sich rasch trösten wird. Er tanzt gut. Er hat, soweit ich es erkennen kann, eine ordentlich behaarte Brust und kräftige Arme. Er wird nicht lange suchen müssen.

Marquis. Entschuldige, Maxwell, aber das geht auf keinen Fall. Komm! Die beiden dürfen uns hier nicht sehen. Weißt du, wer der Bursche ist? Das ist einer von den beiden, die das Fest sprengen wollen. Vincente, mein Schwimmlehrer.

Oppelsheimer. Man sieht ihm beim besten Willen nicht an, was er vorhat.

Marquis. Wenn ich ihm das Mädchen weghole, langweilt er sich. Und wer sich langweilt, Maxwell –

Oppelsheimer. Der sehnt sich nach Kurzweil, ich weiß. Ein hübscher Schläger, dieser Vincente.

Marquis. Er schaut hierher, komm! Es hat jetzt keinen Zweck. Der alte Barbirolli hat mich wirklich etwas ängstlich gemacht. Vielleicht warten sie tatsächlich auf eine Chance. –

Oppelsheimer. Jeder wartet auf seine Chance, mein Lieber. Das kannst du ihnen nicht übelnehmen.

(Seufzend.) Dann also komm. Lassen wir ihr die Hauptrolle und mir den Reinfall.

Marquis. Wohin willst du jetzt?

Oppelsheimer. In eine Ecke, wo ich über meine Schwäche nachdenken kann.

(Pause.)

Paolo *(in sanfter Besäufnis).* So, Menschenskind, ich muß jetzt weg. Ich hab jetzt keine Zeit mehr.

Mrs. Fletcher. Wie? Jetzt, wo wir uns endlich wiedergefunden haben? Komm, sei nicht so unruhig, mein Fürst.

Paolo. Bin nicht unruhig, bin nur entschlossen. Jetzt wird gesprengt.

Mrs. Fletcher. Du hast ein klein wenig zuviel getrunken, mein Fürst. Aber ich finde, das macht dich noch spannender.

Paolo. Ich habe nicht zuviel getrunken, sondern zuwenig gegessen.

Mrs. Fletcher. Ohh!

Paolo. Und deswegen muß ich jetzt weg. Sonst verwechsle ich die Schaltung, verstehst du, und dann werde ich böse auf mich.

Mrs. Fletcher. Geh, Liebster, ich werde dich trösten.

Paolo. Erst sprengen, dann trösten. Jetzt muß ich weg.

Mrs. Fletcher. Mein Gott, was ist denn das heute? Ah, Herzog! Herzog, Sie kommen wie gerufen. Der Fürst will partout irgend etwas sprengen.

Herzog. Oh, ich sehe.

Mrs. Fletcher. Seien Sie doch nicht so gräßlich temperamentlos. Halten Sie ihn doch fest. Er hat getrunken, darum ist er so wild.

Herzog. Ich habe auch getrunken, darum bin ich so sanft. Nicht einmal auf den Alkohol ist mehr Verlaß: die einen macht er zu Tauben, die anderen zu Tigern.

Paolo. Wenn Sie wollen, brüll ich mal. Adieu ... *(Ab.)*

Herzog. Gurren wäre mir bedeutend lieber. Mein

Trommelfell hat bei der letzten Tigerjagd ziemlich gelitten.

Mrs. Fletcher. Herzog, warum haben Sie den Fürsten nicht festgehalten?

Herzog. Wen?

Mrs. Fletcher. Mein Gott, den Fürsten?

Herzog. Den Fürsten hält niemand, meine Liebe, der ist seit zwei Jahren tot.

Mrs. Fletcher. Aus euch Männern soll einer klug werden. Wie reden sie bloß alle? Der Fürst Sombrinski muß Furchtbares erlebt haben. Früher sprach er nur vom Angeln ...

Herzog. Mit Grund. Dabei ist er ja auch ertrunken.

Mrs. Fletcher. Ach, gehn Sie ... und jetzt nur von Elektrotechnik. Er redet elektrisch, er scherzt elektrisch. Wenn er tanzt, schaltet er an einem herum, es geht einem durch und durch ... Und einen *Humor* hat er entwickelt, ganz eigenartig! Wie finden Sie das?

Herzog. Wahr.

Mrs. Fletcher. Wie? Ja, er hat ausgesprochen technischen Charme.

Herzog. Das verrät ihn.

Mrs. Fletcher. Wie meinen Sie das?

Herzog. Der echte Fürst, meine Teuerste, ist vor zwei Jahren ertrunken.

Mrs. Fletcher *(lacht)*. Sie sind ja eifersüchtig, Herzog. Tot? Woher wollen Sie das wissen?

Herzog. Ich habe es in der Zeitung gelesen.

Mrs. Fletcher. Und das glauben Sie?

Herzog. Wenn es eine gewöhnliche Zeitung gewesen wäre, hätte ich selbstverständlich nichts darauf gegeben. Aber es stand im Fachblatt für Sportangler.

Mrs. Fletcher. Und wie soll er gestorben sein?

Herzog. Der Fisch biß an, der Fürst hatte sich die Schnur um den Bauch gewickelt. Beide zogen. Beide hatten kein Mitleid miteinander. Der Fisch war stärker. Der Fürst wurde geangelt. – Er war mir zeitweise im Wege, aber er starb als ein echter Angler. Ich hege keinerlei Groll mehr gegen ihn.

Mrs. Fletcher. Sie haben heute einen ausgesprochen feuchten Humor, Herzog. Und wer sollte denn *dieser* Mann hier sein, hm?

Herzog. Ich weiß nicht genau. Vermutlich ein Domestike des Marquis de Serpa, der die elektrischen Anlagen im Park überwacht.

Mrs. Fletcher. Ich möchte schwören, daß es der Fürst war. Er kann mich nicht getäuscht haben.

Herzog. Er hat Sie auch nicht getäuscht, Emmely. Sie haben sich getäuscht ...

Mrs. Fletcher. Und dieser Mann hat mich ...

Herzog. Was bitte?

Mrs. Fletcher. Gott sei Dank nur auf die Stirn.

Herzog. Gott sei Dank.

Mrs. Fletcher *(stöhnt leise)*. Das ist schrecklich.

Herzog. Vergessen Sie den Zwischenfall, meine Liebe. Ich stehe ja ganz zu Ihrer Verfügung.

Mrs. Fletcher. Dagegen habe ich nichts, lieber Herzog. Obwohl Langeweile schwerer zu ertragen ist. Nur wenn ich mich aufrege, spüre ich immer, wie meine Einlagen drücken.

Herzog. Damals, als ich Ihnen nahe sein durfte, liebe Emmely, riet ich Ihnen schon, es einmal mit Schaumgummi zu versuchen. Ich habe Einlagen inzwischen auf der Tigerjagd getragen. Ich muß Ihnen bekennen: in aufregenden Situationen haben sie sich vorzüglich bewährt.

(Blende. Sanfter Wellenschlag an die Parkmauer.)

Vincente. Magst du nicht mehr tanzen?

Barbara. Nein.

Vincente. Mußt du wirklich morgen schon wieder nach Amerika zurückfliegen?

Barbara. Ja, ich habe eine Flugkarte.

Vincente. Ach ... ich dachte, das sagst du nur so.

Barbara. Nein. *(Pause.)*
Es ist schön hier. – Sprichst du nicht mehr mit mir?

Vincente. Ich kann ja doch nichts für dich tun.

Barbara. Das Dorf da drüben – hinter der Bucht: bist du da zu Haus?

Vincente. Ja, da bin ich geboren. Siehst du, an der kleinen Mole sind Delphine –

Barbara. Bist du sentimental?

Vincente. Ich? Weil ich das von den Delphinen sagte?

Barbara. *Ich* bin sentimental. Ich finde spielende Delphine schön.

Vincente. Was ist daran schön?

Barbara. Daß du es sagst. – Ich glaube, ich werde noch hierbleiben. Ich spüre, daß das gut ist für mich.

Vincente. Barbara!

Barbara. Küß mich nicht. Jetzt nicht. Freust du dich?

Vincente. Genau wie du.

Barbara. Kann man im Dorf wohnen?

Vincente. Natürlich wohnst du bei uns. Es ist nur noch mein Vater da. Er ist schon ziemlich alt; aber er ist immer noch Leuchtturmwärter. Früher war er ein berühmter Koch, vor vierzig Jahren, und er konnte so allerhand. Mädchen, schöne Mädchen, regten ihn zum Kochen an. Ich glaube, wenn er dich sieht, kommt er nicht mehr vom Topf weg.

Barbara *(naiv)*. Du meinst, dann wären wir ungestört? Jetzt darfst du mich küssen.

Vincente. Wir könnten zusammen schwimmen, weißt du? Jeden Morgen. Und wenn du willst, auch nachts.

Barbara. Kannst du auch Schmetterlingsstil?

Vincente. Natürlich. Als Schwimmlehrer kann ich fast alles.

Barbara. Und würdest du mir das beibringen? – Was siehst du mich so an?

Vincente. Mach die Augen zu –

Barbara. Ja –

(Die Stimme Paolos im Lautsprecher; sobald er spricht,

hört die Musik auf; seine Rede wird von Beifall und fernem Gelächter begleitet.)

Paolo *(bemüht sich, seine schwere Zunge ohne Stolpern in Gang zu bringen; tatsächlich stolpert er nur zweimal – es muß nach gezierter Roheit klingen –, so daß man es tatsächlich als Veranstaltungs-Gag auffassen kann).* Achtung! Achtung!
Es ist soweit! Hört alle mal her!
Ihr denkt wohl, ihr könnt so weiterfeiern?

Vincente. Das ist Paolo.

Barbara. Dein Freund von vorhin?

Paolo. Aber jetzt kommen erst die Attrak ... Attraktionen, die kommen erst jetzt. Euch wird gleich grün und blau vor Augen werden, wenn die Leuchtfontäne hochgeht! *(Beifall und Gelächter.)*
Das kündige ich euch an. In fünfzehn Minuten – nein, wartet mal, in vierzehneinhalb Minuten ist es soweit. Dies ist die vorletzte Warnung. Ich komme wieder.

Vincente. Der ist betrunken. Das gibt ein Unglück.

Barbara. Aber laß ihn doch die Leuchtfontäne allein anmachen.

Vincente. Ach was, Leuchtfontäne! Wenn's nur das wäre. Und der Lautsprecher steht ganz am anderen Ende des Parks. Ich muß hin. *(Eilig ab.)*

Barbara. Aber Vincente! So warte doch ...
Läßt mich einfach stehen! Flegel ...

(Blende, andere Tanzkapelle in anderer Entfernung als bisher, aber auch jetzt nicht nah.)

Barbirolli *(halbwegs erregt).* Den Musikern der Kapelle habe ich Zulage versprochen, wenn sie auf dem Podium neben der Leuchtfontäne ausharren. Sie haben die Zulage angenommen und harren aus, Herr Marquis.

Marquis. Und warum spielen sie jetzt nicht?

Barbirolli. Die Musiker haben beschlossen, jetzt erst die halbstündige Pause einzulegen, um was zu essen. Die Pause steht ihnen tatsächlich zu.

Marquis. Aha, dann ist ja für sie alles in Ordnung. Habt ihr den Park durchsucht?

Barbirolli. Von der Geheimpolizei sind bisher 23 verdächtige Individuen unauffällig festgenommen und durchsucht worden. 21 waren Geheimpolizisten oder Privatdetektive der Gäste.

Marquis. Und die beiden letzten, waren das ...

Barbirolli. Der eine war der Fürstprimas der Cincinnati-Sekte: er wollte den Beginn der neuen Weltordnung verkünden.

Marquis. Ja doch, schneller.

Barbirolli. Der andere, ein Gewerkschaftsvertreter, war erschienen, um gegen das Auftreten des Räuberballetts im Orangenhain Einspruch zu erheben. Das Räuberballett ist mit den Beiträgen im Rückstand, wenn man seinen Angaben Glauben schenken ...

Marquis. Barbirolli, wo steht der Lautsprecher?

Barbirolli. Drei Einsatzgruppen mit insgesamt 29 Lakaien suchten die Eichbäume am Westufer ab. Aus ihnen kam die Stimme.

Marquis. Und? Und der Erfolg?

Barbirolli. Einer ist bereits abgestürzt und hat sich den linken Fußknöchel – sei es verstaucht – sei es gebrochen ...

Marquis. Schluß mit dem Unfug. Habt ihr den Brunnen untersucht? Ob da Bomben liegen?

Barbirolli. Es ist ein solches Gedränge, wir kamen nicht ran.

Marquis. Also dann – andersherum. In fünf Minuten will ich Vincente und Paolo hier im Pavillon haben, lebend oder – nein, natürlich lebend. In fünf Minuten, Barbirolli! Sonst fliegst du!

Barbirolli *(servil-bedacht)*. Gewiß. Es gehört zu meinen Aufgaben, das Schicksal des Herrn Marquis zu teilen. Sollte also gesprengt werden, so wird man mich in angemessener Höhe etwas unter Ihnen durch die Luft fliegen sehen. Darf ich mir die Bemerkung gestatten, daß der Herr Marquis, wenn ihn nach der Gegenwart der beiden Individuen so dringend verlangte, nur rechtzeitig den Wunsch hätten zu äußern brauchen, um ...

M a r q u i s. Fort! Mach, daß du fortkommst ... Entschuldige, Maxwell. Dieser Mensch hat schlechterdings *zu* viel Haltung.

O p p e l s h e i m e r. Ich wundere mich, daß du erst so spät Wirkung zeigst.

M a r q u i s. Meinst du wirklich, es könnte was werden?

O p p e l s h e i m e r. Deine Gäste halten es für einen guten Scherz. Wenn mich nicht alles täuscht, wird eines Tages unsere Erde so untergehen. Die Warnung, die von oben herab kommt, wird vor Lachen und Beifallklatschen nicht zu hören sein. Man wird die Katastrophe wie einen Scherz begrüßen.

M a r q u i s. Noch siebeneinhalb Minuten. Sagte er nicht, er wollte noch eine Warnung über den Lautsprecher gehen lassen?

O p p e l s h e i m e r. Deine dörflichen Freunde machen dich doch nicht etwa nervös?

M a r q u i s. Nervös? Ich hoffe nur, daß sie keine Fehler machen.

O p p e l s h e i m e r. Würdest du es nicht für ratsam halten, den Platz um die Leuchtfontäne räumen zu lassen?

M a r q u i s. Wenn du meinst?

O p p e l s h e i m e r. Ja, ich meine. Auch würde Eile dabei nicht schaden.

(Blende.)

(Akustikwechsel. Vor der Fontäne, Gedränge.)

S t i m m e. Hübsch, die Lichter dahinten in den Baumkronen.

S t i m m e. Soll das ein Elfenreigen sein?

S t i m m e. Nein, die suchen was. Ich hab gehört, in den Ästen hat sich ein Bankpräsident erhängt. Den schneiden sie jetzt wohl ab.

Stimme. Mon dieu, das kann nur Ollmütz von der Unionsbank sein. Ich muß sofort telefonieren. Lassen Sie mich durch.

Mrs. Fletcher *(auch im Gedränge).* Ich verstehe Sie nicht, Herzog. *Ich* bin der Meinung, daß es nur Fürst Sombrinski gewesen sein kann. Er hatte immer solch einen köstlich verwegenen Geschmack.

Herzog. Glauben Sie im Ernst, daß der Fürst Sombrinski sich dazu hergeben würde, irgendwelche billigen Sensationen durch einen Lautsprecher zu blasen?

Mrs. Fletcher. Den Leuten hat es aber gut gefallen, was er sagte. Und warum soll er das nicht zusammen mit dem Marquis arrangiert haben?

Herzog. Da kommt der Marquis, Sie können ihn ja fragen.

Stimme. Der Marquis will reden ...

Stimme. Laßt ihn doch mal durch ...
Er klettert auf den Springbrunnen ...
Er hebt die Hand ...

(Tusch, Blende, Tusch.)

Marquis *(nah).* Meine lieben Freunde! Ich muß Ihnen eine Mitteilung machen, die für diejenigen unter Ihnen, denen ihr Leben lieb ist, von einigem Interesse sein könnte. *(Beifall, Gelächter, Rufe wie: Herrlich, zauberhaft, aparter Einfall usw.)*

Um Ihnen etwas Unvergeßliches zu bieten, habe ich eine Überraschung vorbereiten lassen, deren Auswirkung schwer zu berechnen ist. – – ... In wenigen Minuten kann vielleicht der Park dunkel sein ... und die Leuchtfontäne geht hoch. Stellen Sie sich bitte vor, daß diese Leuchtfontäne Bomben verbirgt, die von jener Maske gelegt worden sind, die vorhin über den Lautsprecher zu Ihnen sprach ...

Paolo *(über den Lautsprecher).* Hallo, hallo! Meinen Sie mich, Herr Marquis? Gehen Sie da runter vom Brunnen, die Bomben haben Zeitzündung, in zwei Minuten drück ich auf den Schalter.

S t i m m e. Blendend, diese Regie, wirklich eine aparte Nacht ...

M a r q u i s. Bitte hören Sie selbst ... Räumen Sie also das Feld. Am besten gehen Sie bei den Bäumen in Deckung.

(Geräusch der zurückflutenden Menge ... Stimmen wie: ich muß dabei sein ... Ich krieg ja Herzklopfen ... Alles Humbug ...)

P a o l o. Sie, Herr Marquis, machen Sie, daß Sie vom Springbrunnen runterkommen! Ich warne Sie zum letztenmal!

M a r q u i s. Ich bleibe selbstverständlich stehn. Meinen Gästen wünsche ich noch eine anregende Nacht und einen Morgen ohne Reue.

P a o l o *(wütend)*. Sie blöder Patron, glauben Sie vielleicht, ich sprenge Ihr Fest nicht, bloß weil Sie sich auf die Bombe stellen?

M a r q u i s. Es lebe das schönste Fest der Welt!

(Kläglicher Tusch einer einzelnen Trompete.)

P a o l o *(über Lautsprecher)*. Also ich sage zum letztenmal: runter vom Springbrunnen. Ich drücke jetzt auf den Schalthebel, zwei Minuten später explodieren die Frösche am Brunnen.

V i n c e n t e *(auch über Lautsprecher)*. Du verdammter Idiot! Du kannst doch hier nicht allein sprengen!

P a o l o. Was kann ich nicht? Soll ich vielleicht warten, bis es dir paßt?

V i n c e n t e. Aber du bist ja wahnsinnig. Der Marquis!

P a o l o *(tumb-unerbittlich)*. Der wird mitgesprengt. *(Klicken eines Schalthebels.)* So. In genau zwei Minuten fliegt der Springbrunnen in die Luft ... Die Zünduhren laufen ...

V i n c e n t e *(aufgeregt)*. Stell das Ding ab! Los, Paolo! Lauf zum Brunnen, stell das ab!

P a o l o. Ich denke nicht daran. Und wenn alle platzen!

V i n c e n t e. Du Idiot! *(Geräusch eines Kinnhakens.)*

Paolo! So schlimm war's nicht gemeint. Steh auf. Schnell. Da kommt Barbirolli ...

B a r b i r o l l i *(Nähe).* Halt! Endlich habe ich euch! Sie sind – wo nicht verhaftet, so doch gestellt.

V i n c e n t e. Meinst du mich?

B a r b i r o l l i. Da von Ihresgleichen auf diesem Fest zur Zeit nur ein Exemplar zu sehen ist, dürfte eine Verwechslung ausgeschlossen sein. Das bezieht sich auch auf Ihren Kumpan.

V i n c e n t e. Brich dir nur nichts ab, Barbirolli!

B a r b i r o l l i. Halt! Gehn Sie voraus zur Veranda. Falls Sie unsicher sind, ob Sie diesem Wunsch folgen sollen, müßte ich hier dieses Jagdgewehr seinem natürlichen Zweck zuführen. Es ist gespannt und geladen, und es ist so gut wie ausgeschlossen, daß Sie eine Weigerung überlebten. Vorwärts! Marsch! Und nehmen Sie den anderen mit! Tot oder lebend, äußerte der Herr Marquis ...

(Blende.)

M a r q u i s *(ruft).* Hallo Barbirolli? Bist du das?

B a r b i r o l l i *(näher kommend).* Ich habe mir erlaubt, beziehungsweise: ich war freimütig genug ...

M a r q u i s. Es sind fünf Minuten um. *Keine* Explosion! Verstehst du das? Die Zünduhren, sagte er, liefen doch schon?

B a r b i r o l l i. Sie liefen in der Tat.

M a r q u i s. Ich hörte es überall am Springbrunnen ticken. Aber dann ging das Licht aus ...

B a r b i r o l l i. Der Herr Marquis haben, wenn ich mir erlauben darf, das zu bemerken, auch unbeobachtet und im Dunkeln auf dem gewählten Posten ausgeharrt. Der Herr Marquis sind ein Held!

M a r q u i s. Ach geh! Ich traute mich nur nicht wegzulaufen.

B a r b i r o l l i. Das ist das Wesen des Heldentums.

M a r q u i s. Aber warum ist nichts passiert?

B a r b i r o l l i. Ich hielt es für zweckmäßig, die Hauptsicherung der Parkbeleuchtung auszuschrauben. Damit standen die Zünduhren still.

Marquis. Barbirolli! Du bist ein Genie!

Barbirolli. Ich bitte, mir diesen Vorwurf zu ersparen. Ich bin Beamter in Ihrem Dienst, Herr Marquis. Was mich im übrigen auch nicht ruhen ließ, so lange nach den beiden Attentätern zu spüren, bis sie gefunden sind. Sie befinden sich, Herr Marquis, unter zureichender Bewachung auf der Veranda.

Marquis. Du hast sie erwischt, Barbirolli?

Barbirolli. Ich darf diesen bescheidenen Erfolg für mich in Anspruch nehmen – vorausgesetzt, daß es erlaubt ist.

Marquis. Du bist ... aber das sag ich dir später, Barbirolli. Bring die beiden auf die Bühne. Aber schnell, hörst du. Ich habe mir etwas für sie ausgedacht, das sie bestimmt auf andere Gedanken bringt. Jetzt werden wir ihnen eine Ehre antun, die sie uns mit Haut und Haaren verpflichtet. Danach werden sie gewiß nicht mehr sprengen wollen. Schnell, Barbirolli, bring sie zur Bühne!

Barbirolli. Gut denn. Nur: hoffentlich versteht derlei Bagage, daß eine psychologische Niederlage auch eine Niederlage ist.

Marquis. Mach schon, Barbirolli.
(Tusch, Beifallklatschen.) Und wie bei jedem Fest, meine Freunde, wollen wir uns auch diesmal an der Kunst der Verwandlung erfreuen. Wenn ich mich nicht täusche, ist nahezu alles Verwandlung, von der Schauspielerei bis zum Stoffwechsel. Jedenfalls haben wir, das heißt, ein heimliches Gericht, nach den vollkommenen Kostümen dieses Abends Ausschau gehalten, um sie zu prämiieren. Es war bestimmt keine leichte Wahl. Dort, hinter diesem Vorhang, stehen sie nun. Die beiden, die nicht nur Geschmack, sondern auch Raffinement bewiesen haben. *(Beifall.)*
Sie sind willig unserer Aufforderung gefolgt und war-

ten hinter dem Vorhang. Vielleicht werden sie etwas schweigsam sein. Aber das Vollkommene hüllt sich ja gemeinhin in Schweigen.

Barbirolli *(leise für sich).* Geschraubt wie eine Spirale.

Marquis. Die beiden attraktivsten Kostüme erhalten zwei kleine Erinnerungspreise. Ein Fischbesteck aus Platin und ein Diamanthalsband, beide gestiftet von –

Herzog. Bitte keine Namen.

(Beifall.)

Marquis. Und so sage ich denn: Vorhang auf!

(Pause, einzelne Stimmen mit Bravorufen, zögernder Beifall.)

Vincente. Zeig nicht so die Zähne, Paolo.

(Lauter Beifall.)

Marquis. Und nun möchte ich Ihnen als eine kleine, aber bleibende Erinnerung Ihre Preise überreichen. *(Leiser.)* So, Paolo, ein Fischbesteck aus Platin! Und dir, Vincente, das Diamanthalsband. Gebt mir die Hand. Los! Macht schon. Und lächelt! Lächelt! *(Beifall.)* Und redet was, irgendwas.

Paolo *(verstört).* Ich? Was reden?

Marquis. Los, Vincente, sag was, schnell.

Vincente. Was soll ich denn sagen?

Marquis. Zwei Sätze, beeil dich. Man wartet darauf.

Vincente. Worüber?

Paolo. Red, Menschenskind! Sag ihnen die Wahrheit!

(Pause.)

Vincente. Es ist eine große Ehre für uns –

Paolo *(angesäuselt).* Was? Das soll die Wahrheit sein?

Vincente *(leise die Unterbrechung rügend).* Halt die Schnauze! *(Laut, mit unerwarteter Geläufigkeit fortfahrend.)* Es ist eine um so größere Ehre für uns, als wir die Preise aus der Hand unseres verehrten Gastgebers empfangen durften. Und was unsere Kostüme betrifft, so dachten wir, daß das Außerordentliche im

Einfachen, im Alltäglichen liegt, und darum sind wir so gekommen.

Paolo. Auf jeden Fall ohne allen Fisselkram.

Vincente. Ob die Verwandlung gelungen ist, können wir nicht sagen. Aber eines können wir bestimmt behaupten: daß diese Kostüme echt sind.

Paolo. Auch was drunter ist, ist echt! Ehrenwort! Das werden Sie schon noch merken ... *(Lachen, Beifallklatschen.)*

Jetzt laß mich reden, Vincente. Jetzt möchte ich mal ...

Stimme. Der ist ja entzückend.

Paolo. Hört mal zu! Wißt ihr, was ihr seid? Strichgesindel seid ihr! *(Lachen.)*

Ja, lacht nur so blöd. Seht euch nur mal an: wie ausgestopft rennt ihr rum. Masken habt ihr auf, damit ihr euch nicht langweilt, wenn ihr eure Gesichter seht. *(Lachen.)*

Weil es keiner von euch mehr aushält bei sich selbst, müßt ihr immer auf Achse sein: immer rin in das Vergnügen, nur nicht raus. Zwei Stunden allein, und schon seid ihr reif für die Nervenklinik. *(Entzückensrufe.)*

Ja, lacht nur. Ihr wißt nicht einmal, worüber man lachen darf. Gar nichts wißt ihr. Soll ich euch mal sagen, was ihr braucht? Richtige Unterhaltung! Und wißt ihr, was das ist, diese richtige Unterhaltung? Arbeit ist das. Sechzig Stunden im Steinbruch oder in den Bleiminen drüben in Tuntasola. *(Lachen, Beifall.)*

(Verzweifelt.) Ich meine das ernst, ihr aufgeblasenen Frösche. Glaubt ihr, ich hab Angst vor euch? Ich weiß, wovon ich lebe, ich kann das jedem sagen. Aber ihr habt Angst, wenn man euch danach fragt. Wenn ein schlechtes Gewissen jucken würde, dann müßtet ihr euch den ganzen Tag kratzen. Auch du da hinten, du Pascha, oder was du bist! *(Entzückensrufe.)*

Hört auf mit dem Lachen! Nicht mal die Wahrheit kann man denen sagen. *(Hilflos.)* Die lachen. Was macht man denn da? Wenn sie die Wahrheit hören, dann lachen sie bloß.

(Lachen wird leiser, erklingt gelegentlich in der Ferne.)

Oppelsheimer. Warum ziehst du dich zurück, mein Freund?

Marquis *(melancholisch)*. Ich kann es nicht mehr ertragen.

Oppelsheimer. Was? Die Art, wie sich deine Gäste unterhalten lassen? Warum sollen sie erschrecken, wenn man ihnen die Wahrheit sagt?

Marquis. Nicht einmal die Wahrheit nehmen sie ernst.

Oppelsheimer. Oh, mein Freund: verdient die Wahrheit überhaupt, ernst genommen zu werden? Und wer könnte das auf die Dauer ertragen? Sei nicht ungerecht.

(Lachen von ferne.) Hör doch, wie sie sich amüsieren.

Marquis. Ich bin enttäuscht, Maxwell.

Oppelsheimer. Dann darf ich dir gratulieren. Bei der Inflation von Täuschungen heutzutage sind Enttäuschungen hoch im Kurs. Man muß Enttäuschungen schon mit der Laterne bei Tage suchen.

Marquis. Werd nicht tiefsinnig, Maxwell. Ich bin enttäuscht über alles. Und besonders über meine beiden Attentäter. Sie wollten das Fest sprengen. Zuerst war ich ein wenig besorgt. Aber jetzt? Ich wünschte, sie hätten es getan.

Oppelsheimer. Du kannst nicht erwarten, daß sie zuverlässiger als wir sind, mein Freund. Ich verstehe, was in ihnen vorging: Sie erlagen einfach der Faszination der Verschwendung. Sie wurden in die Rolle der Teilnehmer gedrängt; das hat ihre Absichten geändert.

(Fernes Lachen.)

Marquis. Alles ist nur Ankündigung geblieben, nichts ist geschehen.

Oppelsheimer. Und was hätte geschehen sollen?

(Pause.)

Marquis. Das – vielleicht.

Oppelsheimer. Die Sprengung? Soviel ich weiß, ist die Hauptleitung ausgeschaltet.

Marquis. Aber nicht die Reserveleitung.

Oppelsheimer. Meine gutbürgerliche Vernunft empfiehlt mir, dir davon abzuraten, mein Lieber. Warum willst du dein eigenes Fest sprengen? Du hast deinen Gästen Freude genug geliefert.

Marquis. Aber nicht genug Schrecken.
(Klicken.) Die Sache läuft. Freuden sind langweilig geworden. Was uns noch Kurzweil verschaffen kann, das sind ein paar annehmbare Katastrophen.

Oppelsheimer. Dein Zynismus wird schamlos.

Marquis. Nein, Maxwell, mein Zynismus ist eine besondere Art der Scham.

Oppelsheimer. Stell das Ding wieder ab!

Marquis. Jetzt finde ich zu viel Gefallen an der Idee.

Oppelsheimer. Und was versprichst du dir davon, wenn die Brunnenfrösche in die Luft fliegen?

Marquis. Daß ihnen mein Fest etwas bietet, das sie ernst nehmen müssen.

Oppelsheimer. Wie lange dauert's noch?

Marquis. Ich weiß nicht.

Oppelsheimer. Ob es ratsam ist, sich die Ohren zuzuhalten?

Marquis. Keine Ahnung.

Oppelsheimer. Vorsichtshalber werde ich das Glas absetzen.

Marquis. Es muß jeden Augenblick losgehen.

Oppelsheimer. Schade, daß wir nicht mitzählen können. Man hat mehr von einem Unglück, das pünktlich erwartet werden darf.

(Pause; dann in der Ferne zwei, drei aufeinanderfolgende Detonationen, Unruhe usw.)

Marquis *(mit sonderbarer Genugtuung).* Das war's.

Oppelsheimer. Wie fühlst du dich jetzt?

Marquis. Besser. *(Pause.)*
Hör mal: das nehmen sie endlich ernst.

Oppelsheimer. Wollen wir hinausgehen, du kleiner Nero? Wenn du schon dein eigenes Fest sprengst, dann mußt du auch sehen, was du angerichtet hast.

Barbirolli *(atemlos und mit geschraubter Feierlichkeit).* Herr Marquis. Da ich keine Ursache habe, an der Aufmerksamkeit meiner Augen zu zweifeln, und da ich fernerhin mit Sinnen ausgestattet bin, die wahrnehmen, was vor sich geht, . . .

Marquis. Gut, Barbirolli. Aber nun das Prädikat.

Barbirolli. Nun denn, Herr Marquis: es hat stattgefunden, was wir Grund hatten zu befürchten.

Marquis. Endlich.

Barbirolli. Während einer dieser Fremdkörper die Herrschaften mit gewöhnlichsten Beleidigungen unterhielt – *(Bestürzt.)* Herr Marquis sagten ›endlich‹?

Marquis. Ja, endlich. Aber sag schon, was ist passiert?

Barbirolli. Als die Brunnenfrösche mittels der Teufelsmaschinerie explodierten, Splitter – wie es wohl sein muß – hierhin flogen und dorthin – gottlob ist niemand wesentlich verletzt –, als Geräusche zu vernehmen waren, die lediglich für die groben Trommelfelle von Militärs wohlklingend sind, brach unter den Gästen ein unvermuteter Jubel aus.

Oppelsheimer. Da hast du's, mein armer Freund.

Marquis. Und?

Barbirolli. Die Gäste drängten zum Brunnen, um, wie eine Stimme zu verstehen gab, die Quelle des Amüsements zu suchen. Wofern Heiterkeit einen Siedepunkt haben kann: jetzt ist er erreicht.

Marquis. Und Vincente und Paolo?

Barbirolli. Betroffenheit lag auf ihren Gesichtern, als die Explosion erfolgte. Dann versuchten sie, angetrieben von ihrem miserablen Gewissen, zu fliehen. Allein die Gesellschaft hob sie auf die Schultern und feierte sie in triumphaler Weise. Der gegenwärtige Augenschein spricht dafür, daß sie die absoluten Helden des Festes sind. Soll ich das Jagdgewehr zücken auf jene Individuen, die sich unterstanden haben, das Fest zu sprengen?

Marquis. *Ich* habe mich unterstanden, Barbirolli. Ich selbst habe die Frösche gesprengt.

Barbirolli. Der Herr Marquis haben? Mit eigener Hand?

Marquis. Ja, Barbirolli, zum mindesten anatomisch gehört diese Hand wohl zu mir. Und nun leg dich schlafen.

Barbirolli. Darf ich angesichts – gegebenenfalls ...

Marquis. Nein. Geh jetzt, Barbirolli. Tu nichts mehr. Weder gegebenenfalls und gegebenen*un*falls. Geh, hörst du?

Barbirolli. Wohin wünschen Sie mich?

Marquis. Zum ... natürlich nicht, Barbirolli. Geh schlafen.

Barbirolli. Gut denn. So werde ich, wie der Herr Marquis es wünschen, auch im Schlaf auf Posten sein.

(Kleine Pause.)

Oppelsheimer. So geht's, mein Freund: je näher die Katastrophe, desto angenehmer sind die Feste. Dynamit ist ein Witzwort geworden. Eine Sprengung die beste Volksbelustigung. Was macht dich so schwermütig?

Marquis. Der Jubel ist ein Mißverständnis.

Oppelsheimer. Nicht nur ihr Jubel, mein Freund. Aber laß ihnen, laß uns allen doch die Mißverständnisse. Was könnten wir noch ohne sie tun ...

(Schlußmusik.)

[illegible] ängstlich? Wozu [illegible]
Lage, die [illegible]
[illegible]
[illegible]
Platz zu [illegible]
[illegible]
[illegible]
[illegible]
[illegible]
[illegible] oder [illegible]
[illegible] Handschuh [illegible]
[illegible]
[illegible]
[illegible]
[illegible] Wieder [illegible]
[illegible]
[illegible]
[illegible]
[illegible]
[illegible] So [illegible]
Marquis ist [illegible]
[illegible]
[illegible] So [illegible], mein Freund, [illegible]
die [illegible]
[illegible]
[illegible] Wesen [illegible]
[illegible]
[illegible]
[illegible]
[illegible]
[illegible]
[illegible]

Haussuchung

PERSONEN

Christina
Handwerker
Richard
Henry
Tom
Bosse
Felix

Erstsendung vom Norddeutschen Rundfunk Hamburg als Gemeinschaftsproduktion mit dem Südwestfunk Baden-Baden am 8. Mai 1963

(Geräusch eines kleinen Hammers in einem großen Zimmer. Zischlaute des Handwerkers, der zwischen den Lippen Nägel hält. Christinas Schritte nähern sich. Stille. Christina ist eine sehr junge Frau, die gleichwohl die Erfahrungen einer langen Ehe besitzt. Es hat nicht den Anschein, als ob sie auf die gemachten Erfahrungen verzichten möchte.)

Christina. Das ist besser: jetzt sind die Steckdosen tief genug.

Handwerker. Zumindest bis zum nächstenmal.

Christina. Was meinen Sie damit?

Handwerker *(offenherzig; durch die Zähne)*. Zweimal hab ich sie schon tiefer gesetzt, aber immer waren sie noch nicht tief genug.

Christina. Man kommt eben erst allmählich dahinter, was man im Haus hat ... welche gefährlichen kleinen Dinger. Wissen Sie, wie viele Menschen durch Unfälle im Haus ums Leben kommen?

Handwerker. Mir macht das nichts aus.

Christina. Bei Ihnen gehören elektrische Schläge zum Beruf.

Handwerker. Man muß darauf gefaßt sein, dann spürt man sie nicht. *(Nimmt die Nägel zwischen den Lippen heraus.)* Sagen wir: fast nicht. Ich habe nur das Gefühl, als ob mein Alter mir die Hand schüttelt – er fährt eine Walze beim Straßenbau.

Christina. Mich ziehen Steckdosen an. Sobald ich länger auf die zwei Löcher sehe, spreize ich unwillkürlich die Finger, den Zeige- und den Mittelfinger: so. Und dann gehe ich langsam näher ...

Handwerker. Eigentlich dürften Sie dann keine Steckdosen im Hause haben.

Christina. Vielleicht entdecken Sie eines Tages eine neue Elektrizität, eine freundliche, harmlose: ich werde dann Ihr erster Abnehmer sein. Bis dahin muß ich die Steckdosen wohl ertragen.

Handwerker. Das war jedenfalls meine letzte Arbeit, die letzte vor der Hochzeit: morgen ist es soweit. *(Pause. Er räumt das Werkzeug zusammen.)* Sie sind schon lange verheiratet, nicht wahr?

Christina. Hundert Jahre.

Handwerker *(unsicher lächelnd)*. Das sieht man Ihnen aber nicht an.

Christina. Was sieht man uns überhaupt an?

Handwerker. Sechs Jahre vielleicht, höchstens acht.

Christina. Vergessen Sie den Schraubenzieher nicht.

Handwerker. Wird man sich tatsächlich ähnlich nach so langer Zeit?

Christina *(leise, belustigt)*. Man wird durchsichtig. Man braucht immer weniger Masken. Insoweit wird man sich tatsächlich ähnlich. Zuletzt – *(Schweigt.)*

Handwerker. Was ist zuletzt?

Christina. Wenn nichts mehr zu entdecken ist, beginnt die Zeit der Wiederholungen ... *(Lächelnd.)* Eine Ehe ist wie eine freiwillige Hausaufgabe: mit den Jahren lernen die Partner alles auswendig ...

Handwerker. Ich möchte wissen, was Ihr Mann dazu sagt. Schade, daß er nicht da ist ... Heute ist wieder eine Fotografie von ihm in der Zeitung; er steht auf einer der Brücken, wo damals alles passiert ist ... Wo ist denn die Patentzange? ... *(Bewundernd.)* Ich hätte das jedenfalls nicht gewagt, und freiwillig schon gar nicht.

Christina *(mit Überzeugung)*. Ohne ihn wären beide Brücken zerstört worden.

Handwerker. Mitten im Beschuß, und die Sprengladung war schon scharf gemacht ... Ich hätt's nicht gewagt. Hat er die Kabel eigentlich durchgerissen?

Christina. Durchgeschnitten.

Handwerker. Allein das Geld, das er der Stadt erspart hat: ein Zehntel würde mir genügen. Davon abgesehen, was wäre der Handel, wo blieben die Besucher ohne ihn? Was er damals getan hat: das ist schon was.

Christina. Es freut mich, daß Sie meinen Mann so einschätzen.

Handwerker. Niemand denkt anders darüber, die Stadt auch nicht: alle Augenblicke holen sie ihn ins Rathaus und heften ihm was an, sogar jetzt noch nach so viel Jahren.

Christina *(ungeduldig)*. Haben Sie Ihr Werkzeug?

Handwerker. Sollte ich was vergessen haben, kann es hierbleiben bis zum nächstenmal. Sagen Sie mir nur Bescheid, wenn die Steckdosen wieder versetzt werden müssen ... aber nach meiner Hochzeit ... Übrigens: meine Braut stammt von drüben, aus dem Alten Land. Wenn die Brücken kaputt gewesen wären, hätte ich sie bestimmt nicht kennengelernt ...

Christina. Ich werde es meinem Mann erzählen. Er wird sich freuen ... Viel Glück für morgen.

Handwerker. Danke. Vielleicht bring ich's auch auf hundert Jahre. – Wiedersehn.

Christina. Wiedersehen.

(Tür wird geschlossen, Christina seufzt erleichtert, geht zurück, setzt sich, zieht eine Schublade auf, sucht etwas, wirft die Schublade zu, zündet sich eine Zigarette an, überlegt, fragt sich.)

Christina *(leise, eilig)*. Wo ist dieser verdammte Verbandskasten ... Vielleicht genügt auch Pflaster ...

(Öffnet einen Schrank, schließt ihn, es klingelt an der Tür.)

Christina *(unwillig)*. Was hat der Kerl denn nur vergessen? *(Sie öffnet die Tür, tritt vor Überraschung einen Schritt zurück.)*

Christina. Ja – bitte? Was wünschen Sie?

(Richard und Henry, zwei Untersuchungsbeamte.)

Richard *(behutsam)*. Entschuldigen Sie die Störung. Wohnt bei Ihnen Tom Jörgensen? Der Student Tom Jörgensen?

Christina. Sicher, er wohnt hier als Untermieter.

Ich habe ihn seit zwei Tagen nicht gesehen. Ich weiß nicht, wo er sich aufhält.

Henry *(lakonisch)*. Zeig den Bescheid, Richard.

Richard. Wir haben einen Haussuchungsbefehl, ausgestellt auf das heutige Datum.

Henry. Laß sie lesen, Richard.

Richard. Wenn Sie sich freundlicherweise überzeugen wollen: Hier. Es tut mir leid wegen der Störung.

Christina *(sie zögert, überfliegt murmelnd den Text, sehr besorgt)*. Mein Gott.

Henry *(sachlich)*. Nimm den Bescheid wieder an dich.

Richard. Dürfen wir eintreten?

Christina. Natürlich, meine Herren, kommen Sie. Zu meinem Bedauern ist mein Mann nicht hier, ich meine: im Augenblick. Er könnte Ihnen sicher behilflich sein. *(Die Tür wird geschlossen.)* Es ist natürlich nicht aufgeräumt. Ich hatte den Handwerker.

Henry. Frag, wo sein Zimmer ist, Richard.

Richard. Würden Sie uns bitte in das Zimmer Ihres Untermieters führen?

Christina *(plötzlich wieder selbstsicher, aufgeräumt)*. Selbstverständlich, meine Herren, bitte: aber erwarten Sie nicht zuviel. Es ist eine Bleibe für den Übergang, ein Notbehelf. Ich fürchte, Sie werden kaum etwas Bemerkenswertes finden ... Suchen Sie etwas Bestimmtes?

(Schritte.)

Richard. Ihr Untermieter hat einige Apotheken ausgenommen.

Christina. Ausgenommen?

Henry. Erklär ihr das, Richard.

Richard. Seit einiger Zeit werden Einbrüche in Apotheken verübt. Der Junge, der da einsteigt, ist ein Kenner: er bevorzugt ganz bestimmte Sachen. Mit dem, was er bisher zusammengetragen hat, könnte er diesen ganzen Bezirk schlafen lassen.

C h r i s t i n a. Schlafen? *(Pause.)* – Hier: sein Zimmer, wie ich schon sagte, nichts Bemerkenswertes.

H e n r y. Es kann gerade noch als möbliert gelten.

R i c h a r d. Unter dem Bett ist ein Koffer. Darf ich mal? *(Er bückt sich, zieht den Koffer empor, Schlösser springen.)* Wann haben Sie ihn zum letztenmal gesehen?

C h r i s t i n a. Vor zwei Tagen. Wir frühstückten zusammen.

R i c h a r d *(erstaunt)*. Er frühstückt mit Ihnen?

C h r i s t i n a. Tom wohnt seit drei Jahren bei uns. Er war –

H e n r y. Kind im Haus?

C h r i s t i n a. Nein.

R i c h a r d. Benutzte er mehr als diesen Raum?

C h r i s t i n a. Er ging ein und aus bei uns. Ihm standen alle Räume offen ... Ich kann es einfach nicht glauben. Sie irren sich gewiß. Ich hoffe, es wird sich bald aufklären.

H e n r y. Deshalb haben wir ja die Schürzen vorgebunden.

R i c h a r d *(im Koffer stöbernd)*. Strümpfe, Bücher, Badehose ... Wer ist das? Auf diesem Bild?

C h r i s t i n a. Seine Eltern. Beide Lehrer, bekannte Lehrer. Sie hatten anfangs viel Erfolg. Ihr Unglück war – wie Tom sagt –, daß sie versuchten, sich gegenseitig zu erziehen.

R i c h a r d. Wo leben sie?

C h r i s t i n a. Sie begingen Selbstmord, gemeinsam ... nach ›reiflicher Überlegung und gewissenhafter Bilanz‹, wie Tom sagt.

H e n r y *(schlägt das Bett auf, stemmt die Arme in die Matratzen, wippt)*. Das Bett ist klar, Richard.

R i c h a r d. Schau im Schrank nach, und dann dreh den Sessel um.

(Kofferschlösser schnappen zu.)

C h r i s t i n a. In den Ferien fuhr Tom meistens weg, zu einem Onkel, der draußen bei der Sternwarte beschäftigt ist. Sein Onkel ist Professor, Astronom. Er hat mehrere Bücher geschrieben.

Richard. Gehören die Hockeyschläger Ihrem Untermieter?

Christina. Er spielt in der Universitätsmannschaft ... Ich hoffe nur, daß mein Mann bald kommt. Er könnte Ihnen manches erleichtern.

Henry. Im Schrank sind nur Bügel, Richard, und eine Postkarte: Boote am Strand.

(Pause.)

Richard. Sie sagten, Ihrem Untermieter standen alle Räume offen?

Christina *(seltsam erleichtert)*. Ja, natürlich. Es stand ihm frei, sich aufzuhalten, wo er wollte. Wir konnten Tom doch nicht auf dies Zimmer beschränken: kein Bild an den Wänden, keine Aussicht ...

Richard. Also bestand ein Vertrauensverhältnis zwischen Ihnen?

Christina. Es kommt auf den Standpunkt an. Ein Vertrauensverhältnis besteht zwischen allen Leuten, die unter einem Dach schlafen ...

Henry *(aus dem Hintergrund)*. Frag sie nach dem Vornamen, Richard.

Christina *(belustigt)*. Nach meinem Vornamen? Warum wollen Sie ihn wissen? ... Christina!

Henry. Dann stammt die Postkarte von Ihnen. Sie haben sie an Ihren Untermieter geschrieben.

Christina. Ist etwas Besonderes daran?

Henry. Grüße. *(Pause.)* – Hier, Sie können sie nehmen.

Richard *(grundsätzlich)*. Verzeihung, doch da Ihr Untermieter Zugang hatte, muß ich Sie um die Erlaubnis bitten, auch einen Blick in die anderen Räume zu werfen. Es geschieht nicht zuletzt, um Sie selbst vor Unannehmlichkeiten zu bewahren. Wir haben Ihnen gesagt, was auf dem Spiel steht.

Henry. Tiefschlaf für den ganzen Bezirk.

Richard. Wir müssen sichergehn. Es tut mir wirklich leid.

Christina *(sie scheint alles wie ein unterhaltsames, wenn auch müßiges Spiel zu nehmen. Vielleicht erscheint ihr die Offenheit auch als Tarnung).* Es braucht Ihnen nicht leid zu tun. Es steht Ihnen alles offen. Inspizieren Sie, prüfen Sie. Sehen Sie nach dem Rechten, meine Herren. Stellen Sie fest, daß nichts da ist: – auch dazu muß man ja Mühe aufwenden. Und wenn Sie unsicher werden, fragen Sie.

Richard. Ich hoffe, daß wir nichts finden.

Christina. Nehmen Sie sich Zeit. Hier gibt es keine Verstecke. In dieser Wohnung ist alles öffentlich.

Henry. Öffentlichkeit ist das sicherste Versteck.

Christina. Was meinen Sie damit?

Henry. Erklär ihr das, Richard.

Richard. Nur Anfänger verbergen sich. Könner arbeiten am hellichten Tag, unter unseren Augen. Die beste Tarnung ist die Sonne ... Wir haben da unsere Erfahrungen.

Christina. Eigentlich müßte mein Mann schon zurück sein. Er ist nur zum Arzt gegangen, zum Augenarzt ... Er könnte Ihnen auf alles antworten.

Richard. Natürlich bedauern wir alles nicht zuletzt wegen Ihres Mannes ... Darf ich? *(Er macht einige Schritte über den Korridor, Christina folgt ihm.)* Durfte Ihr Untermieter die Küche benutzen?

Christina. Küche und Toilette, ja. Doch er hat sich nie lange in der Küche aufgehalten. *(Pause.)* Was soll es denn sein, was Tom versteckt hat? Fläschchen? Tuben? Kanister?

Richard *(öffnet den Küchenschrank, es ist ihm ein wenig peinlich).* Ich sehe schon: alles in Ordnung.

Christina. Diese Platte ist ein Geschenk meines Mannes, sie ist handgearbeitet, sie stammt aus Marokko. Ich bekam sie zu unserm ersten Hochzeitstag, vor neun Jahren. Ist sie nicht wunderbar?

Richard. Hatte Ihr Mann beruflich dort zu tun?

Christina. Nein.

Richard. Ich dachte, Ihr Vater hätte ihn hingeschickt, von der Fabrik aus.

Christina *(belustigt)*. Haarwasser und Schlankheitsmittel? In Marokko lohnt sich keine Filiale. *(Pause.)* Wollen Sie die Tassen sehen, die Bestecke? Hier, dies Mokka-Service ist ein Geschenk des Senats. *(Genießend.)* Die Widmung: Eberhard Bosse, dem tapferen Verteidiger unserer Brücken – in Dankbarkeit und Anerkennung –

Richard. Ich habe es schon einmal gesehen, auf einer Fotografie, im Augenblick der Überreichung, im Rathaus. *(Schließt den Schrank.)*

Christina. Einen Blick in den Eisschrank? *(Sie öffnet ihn.)* Für den Inhalt der Flaschen garantiere ich. – Seit damals, auf den Brücken, leidet mein Mann unter künstlichem Licht. Er sitzt oft in einem dämmrigen Zimmer. *(Pause.)* Als wir heirateten, habe ich ihm versprechen müssen, dafür zu sorgen, daß immer ein Gläschen zu trinken da ist.

(Schließt den Eisschrank, Schritte, Henry kommt dazu.)

Henry. Nichts im Schrank und nichts im Sessel.

Richard. Nein, alles in Ordnung.

Henry. Frag sie, was im Brotschrank ist.

Christina *(öffnet bereitwillig den Brotschrank)*. Einfaches Landbrot. Wollen Sie sich überzeugen?

Richard. Die Küche ist klar, Henry.

Christina. Ich bin gern bereit, Ihnen alles zu zeigen. Ich möchte nicht, daß Sie das Gefühl haben, hier sei etwas verborgen. Ich kann Ihnen zu allem etwas sagen: jedes Ding hat seine Herkunft, ruft eine Erinnerung wach. Für mich ist es, als betaste ich meine Vergangenheit. Über allem liegt Klarheit.

Henry. Klarheit wirkt ungemütlich.

Richard. Wir werden Sie nicht mehr lange stören, glaube ich.

(Schritte zum nächsten Zimmer.)

Henry. Frag sie, wohin er gehen wollte vor zwei Tagen. Vielleicht hatte er ein Ziel.

Christina. Mein Mann?

Richard. Der Untermieter. Hatte er Freunde? Sagte er, wohin er wollte?

Christina. In die Vorlesung, wie üblich. Mein Mann nahm ihn im Wagen mit. Über seine Freunde sprach er nie zu uns. Er sprach überhaupt wenig. Er war ein großer Zuhörer.

Henry. Das habe ich erwartet: ein ›großer Zuhörer‹.

Richard. Dürfen wir hier einmal hineinsehen?

Christina. Bitte. Das Badezimmer.

Henry. Frag sie, was hier so gut riecht.

Christina *(belustigt)*. Das ist unsere Seife. Wir beziehen sie aus Spanien. Sie heißt: Vision.

Richard. Ihr Mann kennt sich aus. Hätte ich kaum gedacht.

Christina. Erlauben Sie: was meinen Sie damit?

Richard. Wenn man bedenkt, daß er es war, der die Brücken vor der Zerstörung bewahrte: mitten im Feuer ... alles zur Sprengung vorbereitet ...

Christina *(ironisch-zurechtweisend)*. Verpflichtet Tapferkeit zum Gebrauch schlechter Seife?

Richard. Das nicht.

Henry. Man hat nur seine Vorstellungen.

Christina. Dann warne ich Sie. Machen Sie sich nie eine Vorstellung. Wir sollten nicht so viel mit dem Kopf denken.

Henry. Womit denn?

Christina *(achselzuckend)*. Mit der Haut ... mit den Augen ... Vielleicht mit den Fingerspitzen.

Richard. In diesem Fläschchen ...

Christina. Ist Rasierwasser. Tom benutzte das gleiche wie mein Mann. Beide haben sehr empfindliche Haut. ... *(Nachdenklich protestierend, es ist natürlich ein verstellter Protest.)* Es ist undenkbar! Ich kann es nicht glauben, daß Tom an diesen Einbrüchen beteiligt sein soll. Apotheken! Was soll ihn ausgerechnet in Apotheken gebracht haben?

Richard. Bäckereien haben solch Zeug nicht vorrätig.

Christina. Tom, dieser bescheidene, schweigsame Junge. Sie hätten ihn kennen sollen: seinen Fleiß, seine Höflichkeit, die Bestimmtheit, mit der er über seine Arbeit sprach. ›Man muß früh seine Grenzen erkunden‹, sagte er, ›dann erreicht man das Äußerste.‹ Bedenken Sie, daß er Vollwaise ist.

Henry. Erzähl ihr von unseren Erfahrungen mit Waisen und Witwen. Los.

Richard. In dem Schränkchen hinter der Waage, was ist das?

Christina. Es gehört mir, ich benutze auch das Badezimmer.

Henry. Darf ich mal anfassen?

Richard. Du siehst doch, daß es weich ist. *(Schlägt einen Vorhang zur Seite, Pause.)*

Sehen Sie, hier haben wir auch nichts gefunden. Ich hoffe, wir können die Zeit der Störung bald beenden.

Christina. Für Ihre Pflichten brauchen Sie sich nicht zu entschuldigen.

Richard. Ich hoffe, wir werden Ihrem Mann alles ersparen. *(Wenige Schritte.)* Bei Ihnen stehen alle Türen offen. Hier fehlen sogar Türen.

Christina. Wir leben ohne Türen ruhiger, wärmer, näher, alles ist einsehbar. Wir mögen nicht anklopfen.

(Pause.)

Richard. Und das ist Ihr Zimmer, vermute ich.

Christina. Nein, das Zimmer meines Mannes.

Richard. Die Fotografien an den Wänden? Es ist jedesmal er: Hier auf der Brücke ... vor dem Rathaus ... im Gespräch mit dem Bürgermeister ... jedesmal: er selbst.

Christina. Seine Erinnerungen. Er hat ein Recht,

sich damit zu umgeben. Schließlich ist jede verdient, unter Einsatz des Lebens.

Richard. Es lag mir fern, etwas Kritisches zu sagen.

Henry. Man hat ein anderes Gefühl, wenn man sich ... so vervielfältigt ... selbst ansehen kann.

Richard. Diese Fotografie kenne ich: Ihr Mann bei der Bescherung der Städtischen Waisenkinder ... Und die Medaille?

Christina. Eine Anerkennung des Bürgervereins. Verliehen am 11. April 1950, fünf Jahre nach dem Geschehnis auf den Brücken.

Richard. Sie haben wirklich ein gutes Gedächtnis, Sie wissen ...

Christina. Wir wissen übereinander Bescheid. Ich sagte es Ihnen.

Richard. Hatte Ihr Untermieter auch Zutritt zu diesem Zimmer?

Christina. Natürlich. Tom hörte gern zu, wenn mein Mann erzählte; dabei saß er auf dem Boden ...

Richard. Auf dem Boden? Ach. *(Pause.)*
Schau dir das an, Henry: der Strom, sauber nachgebildet, und dazu das Modell der Brücken. Eine wundervolle Arbeit. Ist das auch ein Geschenk?

Christina. Eine Ehrengabe der Binnenschiffahrt, erhalten am 11. April 1955.

Richard. Ich denke, wir können uns dies Zimmer sparen.

Henry *(meditierend)*. Der große Schrank interessiert mich, Richard.

Christina *(vergnügt)*. Bitte, tun Sie einen Blick hinein. Ich gebe Ihnen jede Erklärung – wenn es sein muß, mit geschlossenen Augen.

(Der Schrank wird geöffnet.)

Henry *(erstaunt)*. Schau mal, Richard: eine Uniform, eine richtige Uniform ... Sogar der Vogel ist noch dran ... und die Winkel auch ... Obergefreiter ... mein letzter Dienstgrad.

Richard. Meiner auch.

Christina. Mein Mann hat sich die Uniform aufgehoben, zur Erinnerung.

Henry. Sympathischer Dienstgrad. Sind das Brandflecken?

Christina. Blut.

Henry. Na, beruflich braucht Ihr Mann diese Verkleidung wohl nicht mehr.

Christina. Mein Mann geht keinem Beruf nach.

Henry. Nicht?

Christina *(ungehalten)*. Wünschen Sie vielleicht eine Erklärung dafür?

Richard. Wir können uns zufriedengeben. Verzeihen Sie.

Christina. Nur keine Großzügigkeit, die Ihnen schwerfällt.

Henry. Da ist etwas runtergeflattert, ein Zettel ... ein Abschnitt ... von einer Geldanweisung: hier.

Christina. Danke.

(Pause.)

Henry *(scherzend)*. Ich will hoffen, die Summe ist verbucht.

Christina *(abwesend)*. Was meinen Sie damit?

Henry. Die Wahrheit.

Richard. Auch in diesem Zimmer haben sich meine Hoffnungen bestätigt: Nichts ...

Christina *(sie ist ein wenig betroffen, nachdenklich, dabei von plötzlicher geheimer Unruhe erfüllt)*. Das freut mich, das heißt: ich hatte es Ihnen ja vorausgesagt ... Wenn Sie vielleicht noch in die Schublade sehen wollen ... *(Zieht die Schublade auf.)* Erinnerungen, eine Sonnenbrille ... Und hier, unter der Lampe, am Fuß der Lampe ... *(Sie stöhnt plötzlich auf, zittert wie unter großer Kälte.)*

Richard. Was ist passiert, was haben Sie?

Christina. Nichts. Es geht schon wieder. Es war nur

ein Schlag: die Steckdose ... das Kabel ... ich habe nicht aufgepaßt.

Richard. Setzen Sie sich hin, erholen Sie sich.

Henry. Der Steckdose ist nichts anzusehen, Richard.

Richard. Erholen Sie sich.

Henry. Dem Kabel auch nicht.

Richard. Wenn Sie etwas brauchen, sagen Sie es. Sagen Sie es ruhig.

Christina. Es geht schon wieder. *(Pause.)* Warum ist mein Mann noch nicht zurück? Es dauert doch sonst nur einen Augenblick beim Arzt. *(In spontaner Entscheidung.)* Ich hole ihn! Wissen Sie was, ich hole ihn einfach: es dauert gewiß nicht lange. Er ist ganz in der Nähe, eben um die Ecke. Er könnte Ihnen besser Auskunft geben als ich.

Richard. Es ist nicht der Mühe wert. Außerdem sind wir fertig.

Christina. Nein, nein, nein. Sie bleiben. Es dauert nur einen Augenblick, wirklich. Nehmen Sie eine Zigarette inzwischen. Mein Mann ist ganz in der Nähe. Wir sind gleich zurück ...

(Tür, Schritte, vorsichtige Schritte auf Steinboden, Garagentür.)

Christina *(leise).* Tom! Tom, sieh mich an!

Tom *(bitter, vorwurfsvoll).* Warum kommst du so spät?

Christina. Du mußt hier aus der Garage fort ... wir müssen ein anderes Versteck suchen.

Tom *(ironisch).* Ich weiß: ein Versteck außerhalb der Welt, ohne Mitwisser und Zeugen.

Christina. Tom *(zögernd)* ... ich habe das Verbandszeug nicht bringen können. Es ging nicht. Wir müssen den Verband später wechseln. Sie sind oben bei uns, schon seit einiger Zeit.

Tom. Wer? Dein Held? Der Retter der Brücken?

Christina. Bitte, sag das nicht. Ich ertrage es nicht, wenn du so von ihm sprichst ... Sie sind deinetwegen oben, Tom. Sie machen Haussuchung in der Wohnung und könnten auch hier suchen, und dann ...

T o m. Dann werde ich ihnen die Hand geben, diese hier ...

C h r i s t i n a *(entsetzt)*. Mein Gott, das ist ja schon wieder durchgeblutet. Das hört ja gar nicht auf.

T o m. Ich spür es nicht mehr.

C h r i s t i n a. Komm, gib mir die Hand. Ich nehme den Schal. Du mußt später zu einem Arzt. *(Sie verbindet ihn.)* Ist es zu fest? Ist der Knoten zu stramm? Sobald sie weg sind, bringe ich das Verbandszeug. Du mußt hier fort, Tom. Komm, ich bringe dich weg.

T o m. Wohin?

C h r i s t i n a. Vielleicht in die Neubauten drüben; sie stehen noch leer.

T o m. Bist du um dich besorgt oder um mich?

C h r i s t i n a. Warum fragst du, wir haben keine Zeit.

T o m. Du irrst. Gerade wenn uns alles zwingt zu handeln, müssen wir Fragen stellen. Warum möchtest du, daß sie mich nicht finden?

C h r i s t i n a *(dringend)*. Tom: das ist doch Wahnsinn, was du tun willst. Ich habe es dir in der ersten Minute gesagt, und ich sage es jetzt wieder.

T o m. Liebst du mich noch? *(Pause.)* Nicht den, der ich war, Christina, sondern den, der ich bin?

C h r i s t i n a. Wie kann ich das trennen?

T o m. Die Splitter in meiner Hand stammen von der Paracelsus-Apotheke ... In ihr bin ich zuletzt gewesen, ich habe an meinem Plan gearbeitet, Woche für Woche. Jetzt bin ich soweit; jetzt habe ich genug beisammen.

C h r i s t i n a. Still, Tom. *(Pause.)* Nein, es war nichts. Ich glaube, es war nichts.

T o m. Jetzt werde ich einlösen, was ich dir versprochen habe. Ich versprach, eines Tages mit dir allein zu sein: im Zimmer, im Haus, in der Stadt. Hast du nie gemerkt, wie ich darunter litt, daß immer andere da waren? Wo ich dich sah, wo wir uns begegneten: kein

Augenblick war rein. Jeder wurde uns zerstört von den andern: sie wurden meine Krankheit.

Christina. Was hast du getan?

Tom. Noch nichts.

Christina. Und warum willst du es tun?

Tom. Damit ein Tag kommt, an dem wir allein sind, du und ich: Was? Was ist mit dir?

Christina. Ich habe Angst.

Tom. Ach was! In Gedanken hab ich's schon oft getan: Es wird mir leichtfallen, sehr leicht. Ich werde einfach an den Rand des Staubeckens treten und werde alles, was ich zusammen hab, dem Wasser anvertrauen – auch das Zeug aus der chemischen Fabrik. Wasser ist nicht verräterisch.

Christina. Aber die andern, Tom, die das Wasser trinken?

Tom. Sie werden schlafen. Die Geister der Barbitursäure werden sie müde machen. *(Mit Genugtuung seine Vision darstellend.)* Stell dir vor: auf einmal werden alle in diesem Bezirk von Müdigkeit erfaßt: der Briefträger setzt sich auf die Treppe und schläft; der Schornsteinfeger kann sich gerade noch auf dem Teerpappdach ausstrecken; der Staatsbesuch legt seinen Kopf auf die Schulter des Protokollchefs. – Alle schlafen. Dann, Christina, dann sind wir allein.

Christina. Du bist verrückt, Tom. Was haben dir die Menschen getan?

Tom. Weißt du, Christina, warum meine Eltern Selbstmord machten? Ich habe dir nie den wahren Grund erzählt ... Sie waren als Lehrer Rivalen. Sie wetteiferten, hervorragende Menschen zu erziehen. Sie revolutionierten die Pädagogik und träumten, den Menschen zu bessern. Jeder versuchte, den andern zu übertreffen. *(Pause.)* Der Lieblingsschüler meiner Mutter erschoß seine Eltern. Der Lieblingsschüler meines Vaters, den er ausersehen hatte, einmal an seine Stelle zu treten, wurde Chef der Geheimpolizei für die besetzten Gebiete während des Krieges ... Meine Eltern waren ehrlich. Sie machten gemeinsam Schluß.

Christina. Du bist wahnsinnig, Tom. Du kannst das nicht vergleichen.

Tom. Warum nicht? Wir werden allein sein, Christina, und glücklich.

Christina *(überlegen und warnend, ihr Erschrecken hat ihr zu der nötigen Klarheit verholfen)*. Man kann nur glücklich sein inmitten der andern ... weil es sie gibt. Was du für dich in Anspruch nimmst, ist Wahnsinn.

Tom. Willst du mich jetzt allein lassen? Wohin gehst du? *(Unsicher.)* Christina! Du kannst jetzt nicht gehen ...

Christina. Ich kann nicht länger bleiben, ich muß ihn holen.

Tom. Den Helden?

Christina. Quäl mich nicht.

(Pause.)

Tom. Weißt du, wo ich das Zeug verwahrt habe?

Christina. Wo?

Tom. In deinem Zimmer; im Schrank unter der Fensterbank.

Christina. Ja, da fand ich es. Aber es ist nicht mehr dort. Ich habe es fortgeschafft ... ich, Tom.

(Pause.)

Tom. Du ... Bist du dir klar darüber, was das für uns bedeutet? Für uns beide?

Christina. Ja, Tom. *(Pause.)* Sobald ich fort bin, gehst du zu den Neubauten hinüber ... Nimm den Weg an der Mauer. Geh in das zweite Haus unter den Bäumen. Die Arbeiter sind nicht mehr da. Geh in den ersten Stock.

Tom. Und du? Wohin gehst du? Wirst du mich warten lassen?

Christina. Nicht lange. Ich hole ihn, und dann bin ich bald bei dir. Es ist besser, wenn er jetzt zu Hause ist. Die Beamten verschwinden dann eher.

(Tür, ihre Schritte entfernen sich. Wieder Schritte, doch die eines Mannes. Tür. Bosse betritt die Wohnung. Er kennt seinen Realwert und seinen Schätzwert. Es ist ihm gelungen, sich an seine Bedeutung zu gewöhnen. Eine geläufige Bescheidenheit kennzeichnet ihn.)

Bosse *(ruft)*. Christina! Christina!

Henry *(aus dem Hintergrund tretend)*. Sag ihm, Richard, wo sie ist.

Richard. Guten Tag. Wir müssen um Entschuldigung bitten. Wir sind allein in der Wohnung und warten.

Bosse *(geläufig erfreut)*. Guten Tag, meine Herren. Lassen Sie sich nicht stören.

Henry. Zeig ihm den Bescheid, Richard.

Richard. Wir haben einen Haussuchungsbefehl, Herr Bosse, ausgestellt auf das heutige Datum. Hier, bitte. *(Übergibt das Papier.)* Wenn Sie sich freundlicherweise überzeugen wollen ... Es tut uns natürlich leid, Herr Bosse ... Zumal wir gesehen haben, daß sich unsere Arbeit hier erübrigt ...

Henry. Nimm den Bescheid wieder an dich, Richard.

Bosse *(aufblickend)*. Wegen Tom ist es?

Richard. Wir haben alles Ihrer Frau erklärt. Und Ihre Frau wird es Ihnen wohl erklärt haben, Herr Bosse.

Bosse. Meine Frau?

Richard. Sie ist doch fortgegangen, um Sie zu holen.

Henry. Ausdrücklich, auf eigenen Wunsch.

Bosse *(ohne Verwunderung)*. Dann müssen wir uns verfehlt haben. Ich war bei einem Arzt. *(Mild, heiter.)* Aber ich bin trotzdem in diesem Augenblick gekommen: welch eine Übereinstimmung ... Ist das nicht wunderbar?

Richard. Sicher, Herr Bosse.

Henry. So ein Zufall –

Bosse. Ich würde es nicht Zufall nennen, meine Herren ... *(Heiter.)* Eher wortlose Übereinstimmung, das Gespräch der Herzen – wenn Sie so wollen – über Räume hinweg. – Meine Frau wird sicher gleich zurückkommen ... Ich hoffe, das Warten ist Ihnen nicht zu schwer gefallen?

Richard. Mit Ihrer Erlaubnis haben wir alles hier bewundert: die Auszeichnungen, die Erinnerungen, die Bilder ... Wir haben uns mit Ihren Andenken beschäftigt. Einige der Bilder, Herr Bosse, kannten wir bereits ... Wir sind sehr beeindruckt, um es mal offen zu sagen.

Bosse *(mit tadelloser Bescheidenheit)*. Dabei ist doch nichts Besonderes. Im entscheidenden Augenblick folgte ich einfach dem Anruf einer inneren Stimme.

Richard. Genau das ist es, Herr Bosse: einer hört die Stimme, der andere nicht.

Bosse *(geläufig, er hat es oft gesagt)*. Man muß sich nur gerufen fühlen ...

Henry. Von der Stimme?

Bosse. Dann kommt alles darauf an, daß man sich eingesteht: du warst gemeint – niemand anderes. Und dann muß man sich die Freiheit nehmen, zu tun, als sei man der einzige, der handeln kann. – Sobald das der Fall ist, lassen sich die Widerstände rasch überwinden.

Richard *(interessiert)*. Welche Widerstände?

Bosse. Der vorher und der nachher; oder: die Angst, die vorausgeht, und die Angst, die folgt ... Ein Kognak?

Richard. Danke, Herr Bosse. Wir haben noch Pflichten heute. Wir müssen den Bericht schreiben.

Bosse. Sind Sie denn fertig?

Richard. Nicht ganz. Doch wir haben uns überzeugt, nichts zu finden in Ihrer Wohnung. Wir können auf die restlichen Räume verzichten.

Bosse. Ihr Vertrauen ehrt mich. Aber wer sagt Ihnen, daß Sie nicht im nächsten Zimmer finden, was Sie suchen?

Henry. Die Stimme vielleicht.

Richard. Wir wissen, mit wem wir es zu tun haben. Wir möchten nicht stören.

B o s s e. Eine Störung, meine Herren, ist zu ertragen. Was aber kaum zu ertragen ist, ist der Gedanke, daß Sie eine so schwerwiegende Untersuchung in der Mitte abbrechen. Ich möchte mir nicht sagen – oder nachsagen lassen ... eines Tages ... wer weiß ... daß mit Rücksicht auf mich nur die Hälfte überprüft wurde. Man kann nicht nur ein bißchen Ehrenmann sein, meine Herren, entweder man ist es, oder man ist es nicht. Sie täten mir einen persönlichen Gefallen, wenn Sie Ihre Arbeit fortsetzten. Es wird auch im Sinne meiner Frau sein ... Vielleicht sogar im Sinne von Tom.

R i c h a r d. Wir sagen uns nur: Vertrauen gegen Vertrauen.

H e n r y. Und Wurst wider Wurst.

R i c h a r d. Wir hätten uns auf das Zimmer des Untermieters beschränkt, doch da er Zugang zu allen Räumen hatte ...

B o s s e. ... müssen Sie selbstverständlich alle Räume überprüfen. Gehen Sie Ihrer Pflicht nach, meine Herren; ich bitte Sie darum. An einem halben Freispruch kann keinem gelegen sein ... *(Pause.)* ... Was gedenken Sie zu finden?

H e n r y. Schenk ihm reinen Wein ein.

R i c h a r d. Schlafmittel und reine Substanzen von Schlafmitteln, unverdünnt. Sie stammen aus Einbrüchen. Mit allem, was Ihr Untermieter bisher zusammengetragen hat, könnte er einen ganzen Bezirk zum Träumen bringen.

B o s s e. Ich kann kaum glauben, daß Tom so etwas getan hat ... Seine Eltern waren Lehrer, seine Erziehung –

H e n r y. Sag ihm, Richard, welche Erfahrungen wir mit guterzogenen Jungens gemacht haben.

B o s s e. Dann wollen wir diesen Verdacht zerstreuen. Darf ich Sie zu seinem Zimmer führen?

R i c h a r d. Wir waren bereits da. Wir haben außerdem

die Küche inspiziert und das Badezimmer. Wie erwartet: es war nichts zu finden.

Henry. Mit aller Anstrengung nichts.

Bosse. Und wo waren Sie stehengeblieben?

Richard. Hier, Herr Bosse, in Ihrem Zimmer. Es genügt uns.

Bosse. Mir nicht, meine Herren. Sie werden verzeihen. *(Bescheiden.)* Ich wünsche mir, daß Sie alles sehen, daß Sie einen freien Durchblick erhalten ... Haben Sie meinen Schrank inspiziert?

Richard. Kurz, doch wir haben.

Bosse. In diese Abseite?

Richard. Ja.

Henry. Nein. Sag ihm, er soll sie öffnen, Richard.

Bosse *(lächelnd, zufrieden)*. So wünsch ich es mir. Bitte, überzeugen Sie sich.

Henry *(überrascht)*. Da ist ja eine halbe Drogerie, Richard, schau dir das an.

Bosse *(souverän)*. Alles Proben der Erzeugnisse aus der Fabrik meines Schwiegervaters. Wir erhalten sie zwar, doch wir brauchen sie nicht.

Henry. Demnach kommt man hier ohne Haarwasser aus.

Bosse. Meine Frau kauft es bei der Konkurrenz ... offengestanden. Unter uns: wir unterhalten nicht das beste Verhältnis zu meinem Schwiegervater: er fühlt sich – sagen wir mal – ein wenig von mir durchschaut. Sie wissen, wie das ist.

Henry. Wir wissen.

Richard. Die Etiketts sind geschmackvoll, das muß man anerkennen.

Bosse. Das ist der Einfluß meiner Frau: sie hat wesentlichen Anteil an der Fabrik.

Richard *(es ist ihm peinlich)*. Bitte, Henry, laß das! Wir brauchen uns doch damit nicht aufzuhalten.

Henry *(bewundernd)*. Ein schönes Bild ist das ... Hier, Richard, auf dem Schreibtisch.

B o s s e *(bescheiden).* Unser Hochzeitsbild. Ich lernte meine Frau im Ruderclub kennen. Die Leute, die das Spalier bilden, sind Ruderer.

H e n r y. Darauf hätte ich getippt, man sieht es ihnen an.

B o s s e. Man sieht uns alles an, sogar unsere Träume ... Übrigens, hinter uns die Trauzeugen: der Herr links, der Präsident der Handelskammer, ein tüchtiger Schlagmann ... auch meine Frau hat bemerkenswert gut gerudert, was bei ihrem Wuchs kaum glaubhaft erscheint. Sie hat mehrere Pokale gewonnen. *(Pause.)* Wollen Sie sehen?

H e n r y. In den Pokalen wird wohl nichts drin sein.

R i c h a r d *(anerkennend).* Bei Ihnen, Herr Bosse, sind es Medaillen und Ehrungen – bei Ihrer Frau Diplome.

B o s s e *(bescheiden abwehrend).* Manchmal bekümmern mich Auszeichnungen. Manchmal empfinde ich eine tiefe Melancholie bei den Ehrungen. Und wissen Sie, warum?

H e n r y und R i c h a r d *(gleichzeitig).* Warum?

B o s s e. Ich sage mir: wenn das Selbstverständliche geehrt werden muß – dann scheint der Mensch keine allzu hohe Meinung mehr von sich zu haben.

H e n r y. Siehst du, Richard.

B o s s e. Ich frage mich: warum kann das Außerordentliche nicht das Selbstverständliche sein?

H e n r y. Eben, warum nicht?

B o s s e. ... und komme jedesmal zu der Antwort, daß die Phantasie an allem schuld ist; die meisten Menschen haben das Pech, daß sie zuviel davon besitzen. Sie sind nicht mehr in der Lage, Außerordentliches zu tun. Vor jeder großen Tat müßte man die Phantasie abschaffen.

H e n r y *(mißtrauisch).* Ich rieche etwas. Du nicht auch, Richard?
Ganz eindeutig: so ähnlich könnte dies Zeugs riechen – nach der Beschreibung.

Richard. Dein Mißtrauen muß beleidigend wirken ... auf Herrn Bosse.

Bosse. Ihr Mißtrauen gehört zum Beruf.

Henry. Siehst du, Richard.

Bosse. Ich rieche nichts, aber das soll wenig besagen.

Richard. Hatte Ihr Untermieter denn Zugang zum Zimmer Ihrer Frau?

Bosse. Tom? Natürlich. Er gehört doch sozusagen zur Familie. Er wohnt bereits einige Jahre bei uns. Er konnte sich stundenlang mit der Wasser-Sammlung meiner Frau beschäftigen.

Henry. Wasser-Sammlung?

Bosse. Sehr einfach: meine Frau sammelt Wasserproben aus der ganzen Welt. Schon als Mädchen hat sie damit begonnen. Das kostbarste Geschenk, das man ihr machen kann, ist eine Wasserprobe aus einem fernen Fluß, einem kaum bekannten See. Ich erinnere mich noch, als ich ihr die erste Probe aus der Nil-Mündung mitbrachte. Lange saß sie schweigend und entzückt vor dem Fläschchen ... Vorsichtig, meine Herrn ... Berühren Sie am besten nichts in den Regalen.

Richard. Wenn man sich vorstellt, wo das überall geflossen ist.

Henry. Und es ist jedesmal bloß Wasser?

Bosse. Sehen Sie her: Mississippi ... und hier: Totes Meer ... eine Probe aus dem Mekong-Fluß ... Wolga natürlich, Rhone und Sambesi ... Großer Salzsee ... Und dies, ein besonders seltenes Tröpfchen: eine Probe aus dem Quellgebiet des Jangtsekiang.

Henry. Aus der Elbe ist nichts dabei?

Bosse. Die gewöhnlichen Proben sind auf dem Boden untergebracht.

Richard. Ich kann mir gut vorstellen, wie interessant das sein muß.

Henry. Und abwechslungsreich.

Bosse. Meine Frau kennt alle Sorten, unterscheidet sie

auch ohne Etikett ... Mitunter nimmt sie eine Glasröhre, schüttelt sie und sitzt dann lange davor und schaut zu. Es ist immer etwas zu sehen, etwas Kleines, Verborgenes.

Richard. Das ist mir selbst schon passiert, am Strand, an der Ostsee.

Henry *(sachlich)*. Jedenfalls riecht das Wasser nicht. Es ist ja auch verschlossen ... Hier, am Fenster wird es stärker.

Bosse. Unter der Fensterbank ist ein Schränkchen. Erlauben Sie ... *(Er öffnet den Schrank.)* Wenn Sie freundlicherweise einen Blick hineinwerfen wollen ... Tun Sie sich keinen Zwang an, etwa weil Sie im Zimmer meiner Frau sind ...

Henry. Beug dich mal hinab, Richard, und dann riech mal.

Richard *(gebeugt, eilig)*. Ich kann nichts feststellen. Ich sehe nur Kinderkleider. Du irrst dich ...

Henry. Hast du hier Kinder gesehen?

Bosse. Die Kleider gehören meiner Frau. Sie hat sie als Mädchen getragen. Sie fühlt sich außerstande, sie wegzugeben: darin war sie einmal glücklich ... Sie können erkennen, wie zart meine Frau war ... *(Lacht leise.)* Allerdings nicht von ungefähr; mitunter, erzählte ihr Vater, hat sie mehrere Tage lang die Nahrung verweigert ... Man mußte ihr künstlich und mit Gewalt Appetit machen ...

Richard. Ich glaube, damit wären wir fertig.

Bosse. Ihr Kollege ist nicht ganz der Meinung, und ich auch nicht. Meine Frau hat nichts dagegen, wenn wir uns bei ihr umtun. Hier liegt alles bis auf den Grund erkennbar. Wollen Sie einen Blick hier hineinwerfen? Der Schrank meiner Frau ... *(Öffnet ihn.)* Müßte mal geölt werden, das Schloß ...

Henry. Mach du den Schrank, Richard, ich bleibe hier noch bei der Fensterbank.

Richard. Es ist doch wirklich nicht nötig, Herr

Bosse ... Sehr schöne Kleider, Ihre Frau hat Geschmack.

Bosse. Hier, die original-ägyptischen Sandalen brachte ich aus Alexandria mit.

(Pause.)

Richard *(plötzlich, unerwartet).* Und dieser Kasten?

Bosse. Welcher Kasten?

Richard. Sehen Sie ihn nicht, an der Rückwand.

Bosse. Ah, den Kasten. Interessiert er Sie? Vermuten Sie etwas Besonderes in ihm?

Richard. Macht es Ihnen Mühe, den Kasten zu öffnen?

Bosse *(mit leichter Unruhe).* Keineswegs; nur – er enthält nichts Außergewöhnliches. Es ist unsere Hausapotheke, soviel ich weiß; zumindest die Hausapotheke meiner Frau. Wollen Sie darauf bestehen, daß ich sie hervorhole?

Richard. Ich bestehe nie auf etwas ... Ich bitte Sie lediglich.

Bosse. Wie Sie wünschen. *(Er zieht den Kasten hervor und öffnet ihn. Pause.)* Ich habe lange nicht hineingesehen. Meistens braucht ihn nur meine Frau.

Richard. Verbandszeug –

Bosse. Schnellverband – Erste Hilfe ...

Richard *(mißtrauisch).* Opium-Tabletten? *(Pause.)* Erlauben Sie ... Henry?

Henry. Der Geruch bleibt, aber er läßt sich nicht mitnehmen, Richard.

Richard. Schau mal her, einige Röhren mit Opium-Tabletten ... Sagten die uns nicht auf der Dienststelle, daß außer den Schlafmitteln auch noch Opium-Tabletten ...

Henry. Zwei Sachen waren's, daran kann ich mich erinnern: in einer der Apotheken vermißten sie einige Röhren mit diesen Tabletten ...

Bosse. Ich bewundere Ihren Spürsinn, meine Herren,

aber Opium-Tabletten finden Sie in manchen Häusern dieser Stadt. Man kann sie käuflich erwerben.

R i c h a r d. Besaß Ihre Frau ein Rezept?

H e n r y. Wogegen ist das Zeug, Richard?

B o s s e *(mit seiner ganzen Autorität).* Meine Frau ist gezwungen, solche Tabletten zu nehmen; ihr Arzt hat sie verordnet.

H e n r y. Und wer garantiert uns das?

B o s s e. Ich. Genügt Ihnen das? Falls Sie zweifeln: Prof. Siemsen – Präsident der Ärztekammer – wird Ihnen die gewünschte Bestätigung geben. Wollen Sie telefonieren? Es steht Ihnen frei ...

H e n r y. Ich such die Nummer raus, Richard.

R i c h a r d. Nein, danke. Wenn Sie es sagen, Herr Bosse ...

H e n r y. Frag ihn, wogegen die sind, Richard, die Opium-Tabletten?

B o s s e *(mit Rührung).* Niemand kann sich seine Leiden aussuchen, meine Herren: das wissen wir. Niemand kann über seine Schmerzen bestimmen ... Sie verfügen über uns ... Meine Frau, sehen Sie, erhält häufig elektrische Schläge, viel zu häufig – gemessen an den Chancen, die der Haushalt dafür bietet ... Es müssen die Nerven sein, das ganze Nervensystem ... Sie fürchtet einen elektrischen Schlag, aber gleichzeitig fühlt sie sich von elektrischen Gegenständen seltsam angezogen ... Wie gesagt, niemand kann sich seine Leiden aussuchen ... Einer meiner Kameraden ... damals an den Brücken ... litt unter dem Anblick des Himmels. Er konnte keinen Himmel sehen, ohne sich unwohl dabei zu fühlen.

H e n r y. Den Himmel: das habe ich mir gedacht.

B o s s e. Er wagte es nicht mehr, die Augen aufzuheben.

H e n r y. So weit kann es kommen ... Und die Tabletten sind wogegen?

B o s s e. Sie besänftigen die Nerven, sie geben ihnen

zeitweilig Frieden. Seitdem meine Frau regelmäßig die Tabletten nimmt, geht es ihr besser.

Richard. Geben Sie mir den Kasten. Bitte, Herr Bosse. Ich werde ihn wieder zurückstellen, wo er hingehört. Wo Ihre Frau ihn zu finden gewohnt ist. *(Er tut es.)* So, ich denke, nun sind wir durch.

Henry. Und das Schlafzimmer? Willst du das Schlafzimmer auslassen?

Richard. Es ist doch wohl nicht anzunehmen, daß der Untermieter sich hier aufgehalten hat.

Bosse. Treten Sie ruhig näher, meine Herren; nur keine unangebrachten Gefühle ... nur keine Scheu.

Henry. Erinnere dich, Richard, was wir schon in manchen Schlafzimmern gefunden haben!

Bosse. Das glaube ich gern. *(Wenige gemächliche Schritte.)* Ich habe gelesen, daß es der Ort ist, an dem die meisten Verbrechen entstehen.

Henry. Schläft er links, Richard?

Bosse. Ich schlafe nie hier. Ich schlafe auf einem Feldbett in meinem Zimmer; es wird jeden Abend aufgeschlagen. Meine Frau kann nur einschlafen, wenn die Nachttischlampe brennt – meine Augen können künstliches Licht nicht ertragen.

Richard *(beflissen)*. Seit damals, seit den Geschehnissen auf den Brücken.

Bosse *(bescheiden)*. Es ist ein Andenken, ja. Wir alle sind im Besitz von unerwünschten Andenken. Es ist, als ob unsere Vergangenheit darauf besteht, sich in Erinnerung zu bringen.

Henry. Darf ich mal auf die Waage steigen?

Bosse *(lächelnd)*. Bitte, selbstverständlich.

(Henry tut es. Pause.)

Henry. Nicht zugenommen, Richard. Ich kann essen, soviel ich will: immer dasselbe Gewicht.

Bosse. Wie Tom. Ihm geht es ebenso. Eine beneidenswerte Fähigkeit – so ohne Risiko zu essen.

Richard. Ich denke, wir sind klar, Henry. Wir haben

Herrn Bosse lange genug aufgehalten, außerdem müssen wir den Bericht schreiben.

Henry. Steig du mal auf die Waage, Richard.

Richard *(unwillig)*. Wozu denn ...

Henry. Komm mal rauf, und schau hinter den Nachttisch.

Richard. Was soll da sein?

Henry. Geh mal näher ... so, und dann beug dich hinunter. Siehst du nichts? Siehst du das Ding?

Richard *(erstaunt)*. Ein Revolver?

Henry. Na, eben.

Bosse *(überrascht)*. Ein Revolver? Hier? *(Lächelnd.)* Meine Frau weiß nicht, wie man solch ein Ding anfassen muß.

Henry. In dieser Hinsicht haben wir erstaunliche Begabungen erlebt, nicht, Richard? Künstler sogar.

Bosse. Allein der Gedanke daran ruft Heiterkeit hervor.

Henry. Sollen wir mit lachen, Richard?

Bosse. Aber Sie glauben doch nicht, daß meine Frau auf irgend jemand schießen könnte.

Henry. Es kommt nicht auf die Kenntnisse an, sondern auf den Augenblick.

Bosse. Wenn Sie meinen, daß jeder ein unschlüssiger Schütze ist, der nur auf den Augenblick wartet: – im Falle meiner Frau irren Sie sich.

Richard. Würden Sie uns sagen, woher der Revolver kommt?

Henry. Und wem er gehört?

Bosse *(bescheiden)*. Mir, meine Herren. Ich darf wohl für mich in Anspruch nehmen, einen Revolver zu besitzen. Falls es Sie interessiert: die Waffe ist ein Geschenk, ein Andenken. *(Lächelnd.)* Wollen Sie den Schein sehen, der mir das Tragen erlaubt? ... Ich mache allerdings nie Gebrauch davon. Wahrscheinlich habe ich ihn verlegt.

Henry. Verlegt?

R i c h a r d. Bitte, Herr Bosse. Wir brauchen keine Erklärungen. *(Zurechtweisend.)* Mach jetzt Schluß, Henry. Was wir uns ersparen können, wollen wir uns ersparen.

H e n r y. Du weißt, Richard, daß ich niemals darauf aus bin, mir etwas zu ersparen.

B o s s e *(mit heimlicher Ungeduld).* Das ist Ihr gutes Recht... Darf ich Ihnen noch mehr zeigen? Den Toilettentisch meiner Frau? Ihren Nähkasten? Vielleicht wollen Sie einen Blick in diese geschnitzte Truhe tun?

H e n r y. Die Truhe, Richard, können wir uns noch ansehn.

B o s s e *(öffnet die Truhe. An der Wohnungstür wird mehrmals heftig geläutet).* Einen Augenblick. Ich vermute, das ist meine Frau... Fangen Sie schon an, meine Herren, ich bin gleich zurück...

(Bosse geht forsch zur Wohnungstür, während das Läuten anhält.)

B o s s e. Ja – ja... ich komm ja schon. *(Er öffnet die Tür. Pause. Dann mit unterdrückter Wut.)* Sind Sie verrückt geworden! Was wollen Sie! Ich habe Ihnen gesagt: nie zu Hause, niemals hier! Und jetzt...

F e l i x *(er ist ein kleiner, vergnügter Mann, auf unbestimmte Weise betrunken, so daß niemand sagen könnte, ob er bereits auf dem Wege der Ernüchterung oder erst auf dem Wege eines absoluten Besoffenseins ist. Er ist der Mann eines Zwischenzustandes. Niemand würde sich auch nur eine Sekunde auf ihn verlassen wollen).* Zum erstenmal, Chef. Und ich komm auch nicht wieder. Es ist nur, weißt du, weil ich nachgezählt habe und mich immer verrechnet und den Fehler nicht finden konnte. Da hab ich mir gedacht, geh zum Chef und frag ihn –

B o s s e. Nicht so laut... Ich habe Ihnen gesagt: niemals zu Hause.

F e l i x. Zum Schluß dachte ich, vielleicht hat der Chef

selbst den Fehler gemacht und dir zuwenig geschickt. Kann dem Gebildetsten passieren, wenn er Scheine zählt.

B o s s e. Ich habe jetzt keine Zeit. Verschwinden Sie. *(Leise.)* Sie haben alles bekommen.

F e l i x. Entschuldige, Chef, aber auf meine Birne hab ich mich immer verlassen. Auch nach der schlimmsten Sauftour: mit meiner Birne unterscheide ich noch jedes Pferd auf der Bahn. Es gelingt mir einfach nicht, blöde zu werden, obwohl es gut wäre für die Gesundheit.

B o s s e *(zornig und ungeduldig)*. Sie müssen jetzt gehn, haben Sie verstanden. Verschwinden Sie!

F e l i x. Wenn du dich anstellst, wegen deiner Frau – mir macht das nichts aus. Ich fahre immer gut mit den Frauen: sag ihnen über sich die Wahrheit, dann sind sie bedient. Hinterher muß ich sie trösten, indem ich ihnen die Wahrheit über mich erzähle. Was meinst du, wie viele mich danach fragten, ob ich schon verlobt bin.

B o s s e. Ich bin für Sie nicht zu sprechen. Merken Sie sich das!

F e l i x. Das ist ja der Mist, Chef: ich merke mir zuviel, führe über alles Buch. Eine blöde Angewohnheit, die ich von meinem Alten habe: Kolonialwarengeschäft auf dem Dorf. Wach ich nach einer Tour auf – was meinst du, was ich zuerst tue? Ich schreibe jeden Pfennig auf, den ich ausgegeben habe. Und genauso mache ich es beim Wetten. Das wird noch einmal mein Unglück sein, Chef, daß ich über alles Buch führe.

B o s s e. Wir können hier nicht stehn.

F e l i x. Ich will dich auch nicht aufhalten, bin nur auf einen Sprung gekommen. Mein Glas, weiß Gott, steht noch da, wie ich es verlassen habe.

B o s s e. Also, was wollen Sie?

F e l i x. Du mußt noch einmal nachrechnen, Chef. Da fehlt ein Betrag, da ist eine Lücke. Ich bin nämlich angewiesen darauf, diesmal ... muß nämlich ins Krankenhaus ... Ja, da guckst du, aber ich muß wirklich hin. Es ist nicht auf die Dauer fabelhaft. Wenn du morgens im Waschbecken eine Rose siehst, die du selbst ausgespuckt hast, wird es Zeit. Hoffentlich läßt sich mit den Schwestern was anfangen. Ich will doch annehmen, daß es da auch blonde Schwestern gibt.

Bosse. Wann, wann müssen Sie ins Krankenhaus, rasch.

Felix. Na also! Ich wußte doch: mein Chef hat Mitleid!

Bosse. Hören Sie auf! Antworten Sie.

Felix. Nach dem nächsten Rennen. Die Rennen will ich noch abwarten, und dann laß ich den Schwesternchor singen.

Bosse. Gut, Sie werden von mir hören. Sie werden den Rest erhalten. Jetzt verschwinden Sie.

Felix. Bedaure, Chef, Scheine, die man in Aussicht hat, haben mir noch nie ein Gefühl der Wärme gegeben ... Du hast natürlich recht: ich sollte mehr Vertrauen haben, aber es fällt mir verdammt schwer, doch du mußt schon jetzt zur Kasse kommen.

Bosse. Mein letztes Wort: gehen Sie.
Drin wartet Besuch auf mich –

Felix. Und ich warte hier: das hebt sich auf ...

Bosse. Sie sind ... Sie sind ein ...

Felix. Na was? Jetzt bin ich gespannt, woher du diesmal dein Beispiel holst ... das letztemal war's ein Haustier.

Bosse. Nicht so laut ... Ich werde Ihnen nie vergessen, daß Sie hierhergekommen sind, nach Hause ...

Felix. Ach Chef, daran muß man sich gewöhnen: es gibt für jeden etwas, was er nicht vergessen kann. Ich zum Beispiel ... komme nicht von den Brücken los ... jedesmal, wenn ich drüber weg muß, zittern mir die Knie, und ich denke: hoffentlich fliegst du nicht wieder runter wie damals ... Immerhin, achtzehn Meter, Chef ... Damals hat's mir wenig ausgemacht: erstens schubste mich der verirrte Splitter runter, und zweitens stand ich absolut in meiner Maienblüte ... und das Wasser war auch warm.

B o s s e. Warum wiederholen Sie die Geschichte dauernd?

F e l i x. Aus Hilflosigkeit, Chef ... Ich falle nämlich oft ... im Traum, geh ganz vergnügt zu Bett – sagen wir: nach einer Tour, hab jemand Nettes bei mir. Und später, wenn ich zu träumen anfange, stößt der mich in die Hüfte und schreit: Hör auf: Würg mich nicht ... worauf ich sage: ich will mich doch nur festhalten. Ich stürze ab ... Tatsächlich Chef. Im Traum arbeite ich mich vor auf der Brücke, suche nach dem lausigen Kabel und fetze das Ding auch kaputt ... bis dahin geht es. Aber dann knallt mir der Splitter gegen die Schulter, schubst mich runter, und ich falle die achtzehn Meter ... das Komische, weißt du, während ich falle, bleibt meine Birne klar, und ich denke: Sauerei oder was Ähnliches.

B o s s e. Ich verabscheue Sie.

F e l i x. Das tu ich nicht ... Ich bin dir sogar dankbar, Chef, irgendwie ... Nämlich ich war noch nicht dran, damals, ich kam ans Ufer und verzog mich auf Nimmerwiedersehen und wollte den ganzen Mist vergessen – bis ich auf einmal eine Zeitung zwischen die Finger bekam, Jahre später ... Da war von Brücken die Rede und von einem ›Retter‹, und ich dachte, wenn alle ihm dankbar sind, dann mußt auch du ihm dankbar sein. Ist doch logisch. Zum Schluß hatte ich nur noch den Wunsch, mit dem ›Retter der Brücken‹ persönlich bekannt zu werden ...

B o s s e. Ich warne Sie zum letztenmal: gehn Sie, bilden Sie sich doch nicht ein, daß man Ihnen die Geschichte abnehmen wird. Solch einem Subjekt ...

F e l i x. Ich bin zufrieden, wenn *du* mir die Geschichte abnimmst, Chef. Die andern interessieren mich nur am Rande.

B o s s e. Wir sprechen uns noch einmal.

F e l i x. Das bezweifle ich nicht. Sobald ich Verlangen danach habe, melde ich mich.

B o s s e. Dann rechnen wir ab.

F e l i x. Dafür bin ich immer. Das habe ich von meinem Alten in seinem Kolonialwarengeschäft. Was hältst du da in der Tasche? Einen Revolver? Du willst doch nicht deinen Besuch erschrecken, Chef! Und außerdem: Wenn mir etwas passiert, wird man dir einige Fragen stellen: dafür habe ich vorgesorgt ...

(Pause.)

B o s s e *(zieht Geldscheine heraus, verächtlich)*. Hier. Nehmen Sie, und jetzt verschwinden Sie.

F e l i x. Danke, Chef. Ich wußte doch, daß man zu dir nicht umsonst kommt.

(Er schiebt ihn hinaus, schließt die Tür, bleibt einen Augenblick schnellatmend stehen, macht fünf Schritte.)

B o s s e *(bescheiden)*. Kann ich Ihnen noch von einigem Nutzen sein, meine Herren?

R i c h a r d. Wir sind fertig, haben uns vollständig überzeugt.

B o s s e. Ich bitte um Entschuldigung, daß ich so lange aufgehalten wurde ... Verpflichtungen: Sie wissen, wie das ist.

H e n r y. Wir haben die Truhe und was noch übrig war, selbst durchleuchtet.

B o s s e. Ich hoffe, es machte Ihnen keine Schwierigkeiten.

H e n r y. Für mich beginnt die beste Arbeit, sobald es Schwierigkeiten gibt. Für leichte Sachen bin ich kaum zu gebrauchen.

B o s s e *(lächelnd)*. Hoffentlich konnte ich Ihnen dann etwas bieten ...

R i c h a r d. Wir wünschten, es wäre überall so klar.

H e n r y. Wenn ich an die Wohnung von dem Autoknacker denke: dagegen war dies blank wie ein See am Morgen.

R i c h a r d. Wir möchten noch einen Wunsch äußern.

B o s s e. Ja?

(Pause.)

R i c h a r d. Wir möchten Sie bitten, Herr Bosse, sich in keiner Weise zu beunruhigen ... Wir wären froh, wenn wir wüßten, daß Sie sich keine Sorgen machten. Eine Haussuchung ist nicht das angenehmste.

B o s s e *(bescheiden)*. Sie haben nichts getan als Ihre Pflicht. Dafür habe ich volles Verständnis, meine Herren.

R i c h a r d. Danke. Wir werden Sie über den weiteren Verlauf unterrichten.

B o s s e. Sie sind mir willkommen.

H e n r y. Das freut uns zu hören.

B o s s e. Ich habe das Gefühl, eine Haussuchung sollte man sich von Zeit zu Zeit leisten – wie einen Besuch beim Arzt. Man weiß nie, was sich heimlich festsetzt. Wenn erst die Schmerzen beginnen, ist es zu spät ... Wer Klarheit über sich gewinnen will, meine Herren, sollte ab und zu vor den Schirm treten ... In diesem Sinne.

R i c h a r d. Vielen Dank für Ihr Verständnis –

H e n r y. – und für das Willkommen.

B o s s e. Auf Wiedersehen, meine Herren.

H e n r y und R i c h a r d *(gleichzeitig)*. Auf Wiedersehen!

(Schritte, Tür. Bosse setzt seufzend ein Glas ab, aus dem er getrunken hat, zündet sich eine Zigarette an. Schenkt sich aus einer Flasche ein.)

B o s s e *(überrascht)*. Christina! Wie siehst du aus! Offenbar sind wir aneinander vorbeigelaufen. Ich hab dich überhaupt nicht kommen gehört.

C h r i s t i n a *(schweigt)*.

B o s s e. Was stehst du da! Komm, setz dich. Sie sind weg ... Komm, mein Hase.

C h r i s t i n a. Bitte, sag das nie mehr zu mir.

B o s s e *(sanft)*. Was hast du denn? Wo soll ich helfen?

C h r i s t i n a *(entschieden)*. Faß mich nicht an!

Bosse. Was ist denn, um alles in der Welt? Ich war beim Augenarzt, weiter nichts. Du machst einem Angst. Fühlst du dich nicht gut?

Christina *(höhnisch)*. Ich fühle mich sehr gut. Ich fühle mich so gut, wie man sich fühlen muß, wenn man endlich erwacht.

Bosse *(ironisch)*. Demnach darf ich voraussetzen, daß du geträumt hast, mein Hase.

Christina. Nenn mich nicht so. Ich ertrag es nicht.

Bosse. Die Männer sind weg ... Sie waren sehr freundlich zum Abschied. *(Lächelnd.)* Der eine war enttäuscht, weil er nichts gefunden hat ... Sie wollen uns über den weiteren Verlauf unterrichten ...

Christina. Hoffentlich wirst du alles erfahren. Hoffentlich wird dann alles – wie du sagst – ›am Tag erglänzen‹.

Bosse. Ich fürchte, du bist noch nicht wirklich da, du träumst noch.

Christina. Ich habe lange geträumt, das hat sich jetzt geändert. Ich bin aufgewacht.

Bosse. Und was hast du festgestellt? Hast du dich verändert oder die Welt? Ich vermute, du hast mir etwas vorzuwerfen.

Christina. Dir? Nichts! Ich habe nur mir etwas vorzuwerfen. *(Pause.)* Und weißt du, was es ist? Meine Unwissenheit! Man öffnet die Augen und begegnet einem Fremden.

Bosse *(noch ironisch und sanft)*. Und der Fremde bin ich, mein Hase?

Christina *(sehr ruhig)*. Ich hasse dich.

Bosse. Nicht doch. Das ist nicht wahr ... Aus welchem Grund denn?

Christina. Weil ich mich schäme, wenn ich daran denke, wie ich gelebt habe. In welcher Unwissenheit. Alles, was du mir von meiner Vergangenheit gelassen hast, ist Scham.

Bosse. Große Worte. Nichts als große Worte.

Christina *(bitter).* Dann will ich's dir in kleinen sagen, Bosse: ich schäme mich, weil ich trotz allem an dich geglaubt habe und stolz auf dich war. Ich schäme mich, weil ich dich sah, wie ich dich haben wollte – nicht, wie du warst ... Trotz allem ...

Bosse. Wovon redest du?

Christina. Von dir. Oder: von dir und mir ...

Bosse. Die beiden sind mir bekannt, seit langem.

Christina. Mir erst seit heute ... *(Ironisch.)* Am heutigen Tag lernte ich durch Zufall Eberhard Bosse kennen, eine seit Ende des Krieges bekannte Persönlichkeit.

Bosse. Willst du dich über mich lustig machen?

Christina. Ich wünschte, ich könnte es.

Bosse. Was willst du dann?

Christina. Daß du dich zu erkennen gibst, einmal ... Daß du die Rolle ablegst für einen Augenblick ... *(Pause, dann verzweifelt.)* Wieviel ist denn nötig, damit das geschieht! Ich war bei ihm, Bosse ... *(Pause.)* Ich habe mit dem dreckigen kleinen Kerl gesprochen, dem du regelmäßig Geld an eine Kneipen-Adresse schickst ... Hier, das ist der letzte Abschnitt.

Bosse *(drohend).* Ach so ist das! Du arbeitest als dein eigener Detektiv ... Und du hast natürlich geglaubt, was dieser schmierige Kerl dir sagte. Du glaubst ihm wohl mehr als deinem Mann.

Christina. Du hast dir seine Tat angeeignet, Bosse. Zuerst sie einfach genommen, dann dafür bezahlt. Du hast dir seine Vergangenheit gekauft.

Bosse. Ich fragte dich, ob du ihm mehr glaubst als deinem Mann.

Christina. Ich glaube an die Wahrheit beim Aufwachen. Und an den Schmerz ... Faß mich nicht an!

(Pause.)

Bosse. Gut, du hast recht: wir wollen uns zu erkennen geben, Christina. Dies ist ein guter Augenblick dafür ... Ja, das stimmt: ich habe an diesen Kerl Geld geschickt. Ich habe ihn bezahlt, weil er die Kabel durchriß damals ... Aber ich war auch auf der Brücke, gehörte auch zum Kommando. Er weiß es ... Und wenn er mir nicht um ein paar Sekunden zuvorgekommen wäre ... Außerdem: ich habe nur eine Lücke ausgefüllt. Man suchte einen Helden und fand ihn in mir. Nun tu doch nicht, als wenn die Welt eingestürzt wäre.

Christina. Die Welt stürzt jeden Tag ein.

Bosse *(aggressiv)*. Ah, dir ist nach Verurteilung zumute, du spielst Hohes Gericht, bitte, ich hab nichts dagegen. Ich gehe vor keinem Tribunal in die Knie, und vor deinem schon gar nicht ... Hier, den Revolver fanden wir in deinem Zimmer. Du weißt, wem er gehört. Bedien dich, ich sitze dir zur Verfügung ...

Christina. Willst du mich schon wieder demütigen? Du weißt, daß ich es nie tun könnte.

Bosse. Hat Tom vergessen, dir eine Gebrauchsanweisung zu geben?

Christina *(mit trauriger Genugtuung)*. Ach – siehst du, jetzt kommst du zum Vorschein. Das ist der Mann, den du mir so lange verborgen hast.

Bosse. Und du? Wie lange hältst du es in deinem Versteck aus?

Christina. Was willst du damit sagen?

Bosse. Daß wir uns ähnlich sind, kleiner Hase – das ist wirklich ein merkwürdiger Tag heute ... Noch als ich wegging zum Arzt, bildete ich mir ein, dich einigermaßen zu kennen. *(Mit ironischer Bekümmerung.)* Auf dem Rückweg, ein zufälliger Aufenthalt an der Garage, und ich mußte feststellen, daß ich mit einer Fremden verheiratet bin.

Christina *(betroffen)*. Du weißt nicht, was du sagst.

Bosse. Mag sein. Aber ich weiß, was Tom sagte und was du gesagt hast. Auch er hat seinen Traum ... in einer leeren Welt ...

C h r i s t i n a. Tom bildet sich etwas ein. Er hat sich eine fixe Idee zurechtgemacht.

B o s s e. Du liebst ihn.

C h r i s t i n a. Er tut mir leid.

B o s s e. Das läuft auf das gleiche hinaus, mein Hase.

(Pause.)

C h r i s t i n a *(mühsam beherrscht).* Also gut. Du hast uns zugehört, dann weißt du es ... Ja, ich liebe ihn in seiner Armseligkeit, in seiner Verzweiflung. Ich liebe die Dürftigkeit seines Traums ... So ist es, Bosse: meine Liebe hat dir nicht gehört, ebensowenig, wie dir deine Tat gehört hat.

B o s s e. Und warum bist du bei mir geblieben? Brauchte mein Hase vielleicht noch etwas anderes als Liebe?

C h r i s t i n a. Ich habe dir alles gesagt. *(Pause.)* Nun?

B o s s e. Was nun?

C h r i s t i n a. Jetzt ist alles klar. Jetzt mußt du etwas tun ... Wozu hast du dich entschlossen?

B o s s e. Muß? Was ist denn geschehen? Die Unwissenheit hat aufgehört, ja. Wir haben uns zu erkennen gegeben ...

C h r i s t i n a. Ja. Es kann nicht mehr weitergehen.

B o s s e. Warum nicht? Ist es erträglicher, mit einem Fremden zu leben, als mit einem, den wir kennen?

(Pause.)

C h r i s t i n a *(plötzlich).* Mein Gott, Tom muß das Verbandszeug bekommen. Seine Hand ist ganz zerschnitten!

B o s s e. Willst du, daß ich es ihm bringe?

C h r i s t i n a. Nein, nein.

B o s s e. Ich weiß, wo er ist. Vielleicht ist es jetzt besser, wenn ich zu ihm gehe. Mit seiner Überraschung werde ich schon fertig werden.

(Pause.)

C h r i s t i n a. Wie du aussiehst auf einmal: ganz anders.

B o s s e. Das liegt an dir ... Bist du einverstanden, wenn ich Tom wegbringe für eine Weile?

Christina. Ich weiß gar nicht, wo der Verbandskasten ist.

Bosse. Ich weiß es ... Wart auf mich, hörst du? Warte, bis ich zurück bin.

(Pause.)

Christina. Und dann? Was soll dann geschehen?

Bosse. Dann geht es weiter. Was denn sonst?

Deutschsprachige Erzähler der Gegenwart

N RECLAMS UNIVERSAL-BIBLIOTHEK

Eine Auswahl

Ilse Aichinger, Dialoge. Erzählungen. Gedichte. 7939
Ingeborg Bachmann, Undine geht. Das Gebell. Ein Wildermuth. 8008
Thomas Bernhard, Der Wetterfleck. 9818
Peter Bichsel, Stockwerke. 9719
Horst Bienek, Die Zelle. 9930 [2]
Johannes Bobrowski, Lipmanns Leib. 9447
Heinrich Böll, Der Mann mit den Messern. 8287
Alois Brandstetter, Landessäure. 8335
Franz Fühmann, Die Verteidigung der Reichenberger Turnhalle. 9858
Peter Härtling, Der wiederholte Unfall. 9991
Peter Handke, Der Rand der Wörter. 9774
Marie Luise Kaschnitz, Der Tulpenmann. 9824
Walter Kempowski, Fünf Kapitel für sich. 7983
Wolfgang Koeppen, New York. 8602
Günter Kunert, Der Hai. 9716
Hermann Lenz, Durch den Krieg kommen. 7941
Siegfried Lenz, Stimmungen der See. 8662
Adolf Muschg, Besuch in der Schweiz. 9876
Luise Rinser, Jan Lobel aus Warschau. 8897
Peter Rosei, Franz und ich. 8099
Arno Schmidt, Krakatau. 9754
Wolfdietrich Schnurre, Ein Fall für Herrn Schmidt. 8677
Gerold Späth, Commedia. 8245
Guntram Vesper, Landeinwärts. 8037
Gabriele Wohmann, Treibjagd. 7912
Christa Wolf, Neue Lebensansichten eines Katers. Juninachmittag. 7686

Philipp Reclam jun. Stuttgart